KB099936

魔道公子

마도
공자

전기수 新무협 판타지 소설

FANTASTIC ORIENTAL HEROES

마도공자 5

전기수 新무협 판타지 소설

초판 1쇄 찍은 날 § 2011년 6월 22일
초판 1쇄 펴낸 날 § 2011년 6월 29일

지은이 § 전기수
펴낸이 § 서경석

총괄팀장 § 유경화
편집책임 § 박우진
편집 § 주소영

펴낸곳 § 도서출판 청어람
등록번호 § 제1081-1-89호
등록일자 § 1999. 5. 31
어람번호 § 제2-2111호

주소 § 경기도 부천시 원미구 심곡2동 163-2 서경B/D 3F (우) 420-822
전화 § 032-656-4452팩스 § 032-656-4453
http://www.chungeoram.com
E-mail § chungeoram@chungeoram.com

ISBN 978-89-251-2548-0 04810
ISBN 978-89-251-2416-2 (세트)

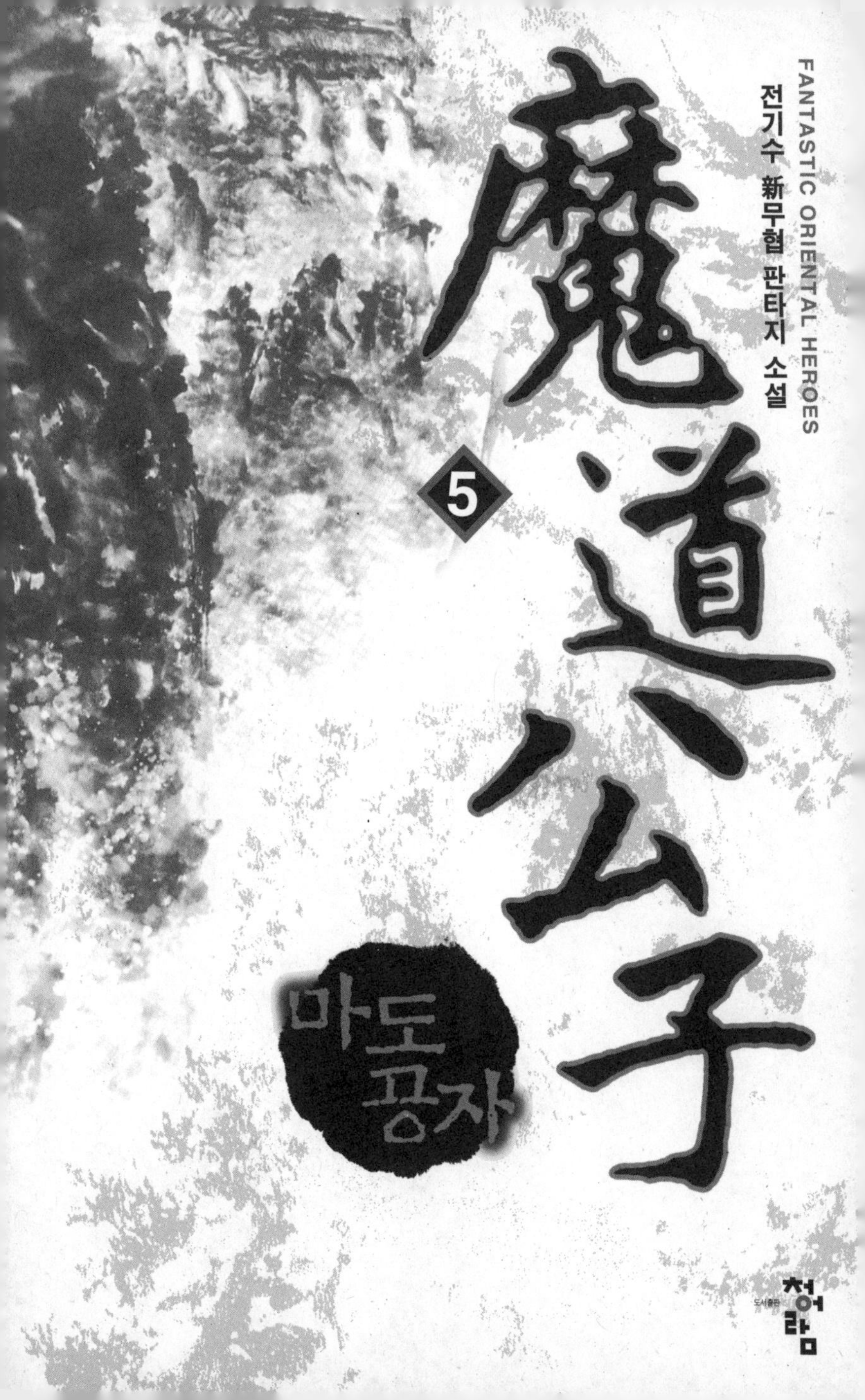
魔道公子
FANTASTIC ORIENTAL HEROES
전기수 新무협 판타지 소설
5
마도공자
도서출판 청어람

目次

第一章
청년 설천?!

마도
공자

흑풍 마림원은 차세대 천마신교의 중추 세력이 될 인재들을 양성하는 최고의 교육 기관이다. 때문에 그곳은 복마전처럼 정치적 알력이 있어왔고, 그로 인해 어린 학생들이 원하든 원치 않든 피해가 발생해 왔다. 그러나 최근 삼 년 동안엔 어느 곳에도 속하지 않는 중립 세력이 대두하면서 학생들은 좀 더 편한 생활을 할 수 있었다.

그동안은 교주파와 장로파로 나뉘어 학생들은 양쪽의 눈치를 살피느라 편할 날이 없었지만 지금은 한결 편하게 마림원 생활을 할 수 있었다. 그 중립 세력은 네 명의 스승과 마설천이 중심이 된 설우회(雪友會)였다. 학생들은 설천을 중심으로 모인 사부들과 학생들을 설우회, 즉 설천의 벗 모임이라 했으나 정작 당사자들은 그런 이름이 있는지조차 모르고 있었다.

그런 흑풍 마림원에 어울리지 않는 유들거리는 목소리가 들려왔다. 그것도 의외의 장소인 마구간에서 말이다.

"자아~ 날 믿어라. 절대 나쁜 짓은 하지 않으마. 그러니 이리 오너라. 이리 오래도!"

마치 어린 처자를 꼬이는 색마 같은 말을 내뱉는 마인은 흑야왕이었다. 흑야왕은 눈에서 침이 떨어질 정도로 군침이 돈다는 표정으로 말을 바라보며 말했다.

"또야?"

유은수가 지긋지긋하다는 얼굴로 고개를 절레절레 흔들었다. 마치 여자라도 꼬이듯 진지한 태도로 흑야왕이 애걸복걸하는 말은(?) 설천의 전용 말인 타마였다. 그러나 타마는 자신을 죽이려 했던 것을 기억하는지 흑야왕과 다른 마인들을 철저히 무시했다. 그러다가 다가오면 강한 뒷발차기로 설천 이외의 모든 사람의 접근을 원천 봉쇄하고 있었다.

그런 타마의 노골적인 무시와 뒷발차기 때문에 더욱 애가 탄 흑야왕은 삼 년 내내 타마를 구슬리기 위해 눈물겨운 노력을 했다. 말들이 좋아하는 귀리나 콩이 섞인 먹이로 유인하거나 갈기가 예쁜 암말을 끌어와 타마의 갈기라도 한번 만져 보려 안달복달했다. 그럼에도 타마는 흑야왕의 곁에는 한 발짝도 다가가지 않았다. 먹이도 설천이 주는 것만 먹었고, 애교를 부리는 것도 설천에게 한정되어 있었다.

"이! 까다로운 놈!"

흑야왕은 애걸복걸하다가 열이 올라 버럭 소리를 질렀다. 그러다가 아차 싶었는지 '아니다. 명마라면 좀 까다로운 면도 있어야지'라며 타마의 눈치를 슬금슬금 살폈다.

흑야왕의 비굴한 말투에 유은수와 나계환은 실소했다. 마림원에서 잔뼈가 굵은 아이들은 몸뿐만 아니라 정신까지 성장해 있었다. 전에는 흑야왕의 변덕스럽고 막무가내인 성격에 쩔쩔맸지만 지금은 오히려 그런 흑야왕을 웃으며 바라보는 여유가 생긴 것이다.

"언제까지 저러실 것 같아?"

팔다리가 길어지고 몸에 근육이 잡혀 이제는 청년 티가 역력한 유은수가 귀엽던 얼굴이 미청년으로 변한 나계환에게 물었다.

"뻔하지, 뭐. 설천이가 와서 둘 사이를 중재할 때까지 계속 저러시겠지."

흑야왕의 일방적인 매달리는 형국은 설천이 돌아와 타마를 구슬려 흑야왕에게 고삐를 쥐어주는 것으로 끝날 것이다. 설천은 주변에 설치된 진법을 손보러 잠시 나간 차였다.

"뭐 하고 있는 거야?"

마구간 밖에서 흑야왕의 모습에 헛웃음을 짓고 있던 유은수와 나계환은 키가 훤칠한 설천의 모습에 반갑게 손을 흔들었다.

"어이, 수고했다."

"진법 수리는 다 끝난 거야?"

"응, 약왕 사부님이 무리하게 약초밭을 확장해서 진에 무리가 간 것 같아."

설천의 대답에 유은수와 나계환이 고개를 끄덕였다.

"하긴, 약왕 사부님 약초 욕심이야 끝이 없지."

"제길! 이리 오라니까!"

안에서 흑야왕의 비장한 외침이 들려오자 설천이 고개를 갸웃거렸다.

"무슨 일이야?"

설천이 의아한 목소리로 물었다. 흑야왕의 외침은 마치 변심한 연인을 향한 듯한 절절한 감정이 담겨 있었다.

"무슨 일은, 뻔한 거 아니냐? 타마 녀석이랑 흑야왕 사부님이 실랑이를 벌이는 거지, 뭐."

유은수의 말에 설천이 어이없다는 얼굴이 되었다.

"도대체 타마 녀석은 언제까지 낯을 가릴 작정인지, 원."

설천의 말에 두 소년, 아니, 이제는 완연히 청년이 된 유은수와 나계환은 헛웃음을 지었다.

"낯을 가려? 그 사악한 녀석이?"

사실 타마는 설천 앞에서는 강아지처럼 재롱을 부리며 죽으라면 죽는 시늉까지 했지만 다른 사람들 앞에서는 오만한 녀석이었다. 아마도 태어난 직후 사람에게서 받았던 차가운 시선이 큰 영향을 끼쳤겠지만 정도가 심했다. 게다가 설천은 타마를 측은하게 여기고 아끼는 마음이 여전한지라 녀석이 오만방자한 성정이라는 걸 절대 몰랐다.

"사악한 녀석이라니… 타마는 부끄럼이 많아서 사람을 가릴 뿐이야."

설천의 대답에 두 청년은 말문이 막혔다. 설천은 똑똑하고 사리를 잘 판단했지만 자신이 애정을 가진 것을 한없이 좋게만 여기는 고질적인 병이 있었다.

'하긴, 그런 점이 괴팍한 사부님들을 하나로 만든 힘이 된 것이겠지.'

설천에게 애정을 가진 사부들 모두 괴팍하고 변덕스럽기론 천마신교 안에서 손꼽히는 마인들이다. 그러나 설천의 뛰어난 재능과 사람을 아끼는 진정성을 알고 있기에 서로에게 마음을 열었던 것이다.

"하아~ 그래, 알았다, 알았어. 낯을 가리는 녀석이랑 흑야왕 사부님이나 좀 진정시켜 봐라. 벌써 한 식경이나 저러고 계신다고."

유은수는 김빠진 목소리로 말했다.

"한 식경이나?"

설천은 인상을 찡그리며 마구간 안으로 발길을 옮겼다.

"너 거기 꼼짝 말고……."

흑야왕과 타마는 서로를 노려보고 있었다. 일촉즉발(一觸
卽發)의 팽팽한 긴장감에 마인과 동물 사이라 생각할 수 없는
무시무시한 시선이 오고 갔다. 흑야왕은 절정을 넘어선 고수
이니 그렇다고 쳐도 말인 타마가 피워내는 기세 또한 만만치
않았다.

그 긴장감의 원인이 흑야왕의 손에 들린 안장이라는 것을
설천은 금세 알아차릴 수 있었다. 흑야왕은 타마의 등에 한번
타보길 원했지만 타마는 설천 외에는 절대 태우지 않았다. 게
다가 설천은 봉마곡에서 어릴 적부터 안장 없이 호랑이도 타
고 다니던 버릇 때문에 타마도 안장 없이 타곤 했다. 그러니
타마는 흑야왕이 안장을 씌우려는 것을 싫어했다.

"뭐 하시는 겁니까?"

설천의 등장에 타마와 흑야왕은 동시에 얼어붙었다. 타마
는 흑야왕에게 발길질을 하려다가 설천을 보자 슬그머니 다
리를 내렸고, 흑야왕은 주먹을 내지르려다가 슬쩍 팔을 내렸
다.

'하아? 사이가 나쁜 줄 알았더니 하는 행동은 비슷하잖
아?'

설천은 어이가 없어 피식 웃으며 흑야왕과 타마를 지그시
노려봤다.

'이놈이 너무 컸어.'

흑야왕은 제자지만 이제는 자신의 키와 맞먹을 정도로 훌쩍 커버린 설천에게 함부로 할 수 없었다. 게다가 가끔이지만 설천이 조용히 바라보고 있으면 자신이 사부이건만 식은땀을 흘리며 설천의 눈치를 보게 되었다.

'내 신세가 이게 뭐람. 제자 녀석 하나 얻어서 편하게 지내 보려고 한 것뿐인데……'

게다가 설천 덕분에 의기투합(?)하게 된 나머지 사부들도 은근히 설천의 눈치를 살피는 것 같았다.

'이건 제자가 아니라 완전 상전을 얻은 거 아닌가!'

흑야왕은 속으로 탄식했지만, 사실 설천 덕분에 네 사부는 비약적인 발전이 있었다. 약왕은 약초를 배 이상 빨리 재배할 수 있게 되어 재정 상황이 풍족해졌으며, 진법과 약초학의 접목으로 여러 가지 성과를 이뤄냈다.

그리고 흑야왕은 상전을 얻었다고 속으로 투덜거리고 있었지만, 사육장과 마구간은 공기 순환 진법과 물의 순환을 통해 자동적으로 청소가 되는 청정 진법으로 그 어느 때보다 깨끗하고 청결한 사육장을 가지게 된 것이다. 게다가 공간 확장 진법으로 수용할 수 있는 맹수와 말의 수가 기하급수적으로 늘어났다.

진법 스승인 당상문은 그동안 방어와 공격에 치중한 진법에서 벗어나 다양한 쓰임의 진법을 새로 고안해 냈다. 이를 통해 자신의 평생소원인 공간 이동 진법의 실마리를 찾을 수 있었다.

천안통 사부인 황선풍은 설천의 도움과 부단한 노력으로 하류정 타통을 눈앞에 두고 있었다. 약왕의 축기에 도움되는 약초와 당 사부의 기축적 진법도 한몫했음은 자명한 일이다.

이렇게 서로에게 도움이 되다 보니 사부들은 처음엔 꺼리며 거리를 유지했지만 차차 마음을 열어갔다. 게다가 그 네 명의 사부는 설천을 매개로 하여 모였지만 장로파와 교주파 모두가 긴장할 정도로 영향력을 가지고 있었다. 그로 인해 교주파와 장로파의 흑풍 마림원에서의 입지가 좁아졌다.

이런 사실을 정치에 관심없는 네 사부도 느끼고 있었다. 그리고 네 사부와 친교를 가지게 된 태상노군 또한 설천의 든든한 배경이 되어 교주파와 장로파 모두 경거망동을 할 수 없게 된 것이다.

'끙, 상전이긴 해도 저놈 덕분에 편해진 건 사실이니 어쩔 수 없는 건가?'

속으로 혀를 차던 흑야왕은 설천으로 인해 변하게 된 마림원의 상황을 떠올리곤 희미하게 웃었다. 설천을 두고 투덜거리긴 해도 보면 볼수록 뿌듯하긴 했다.

'스승을 꼼짝 못하게 할 정도의 기세라니……. 저놈은 크게 될 거야.'

도대체 푸념을 하는 것인지 대견해하는 것인지 알 수 없는 흑야왕의 속내였다.

"뭐, 하긴, 보면 모르냐. 제대로 마술(馬術) 훈련을 해둬야 할 것이 아니냐?"

흑야왕은 한번 타고 싶은 마음에 억지로 안장을 씌우려고 했던 것을 발뺌하며 오히려 큰소리를 탕탕 쳤다.

"마술 훈련은 제가 하고 있잖아요?"

설천이 의아한 듯 물었다. 타마의 훈련은 설천이 직접 했기 때문이다.

"흠흠, 네가 해도 부족한 부분이 있으니 이 사부가 직접 해주겠다는 거다."

흑야왕이 자신이 직접 해주겠다는 것을 강조하며 재갈과 안장을 덜그럭거리며 흐흐 웃었다. 그 모습에 타마가 푸르르 투레질을 하며 뒤로 슬쩍 물러섰다.

"하지만 이 녀석은 안장을 올리고 재갈을 물린 적이 없어서 싫어할 텐데요?"

설천의 말에 타마가 맞는다는 듯 푸르릉 콧김을 뿜어냈다. 설천의 대답에 흑야왕이 잠시 움찔했다.

"하지만 진정한 명마가 되려면 주인을 배려할 줄도 알아야지. 언제까지 야생마처럼 안장도 올리지 않고 주인을 태울 셈이냐!"

흑야왕은 매섭게 타마를 노려보며 말했다. 흑야왕의 질책에 타마가 움찔 꼬리를 말았다.

'됐다! 이 녀석의 약점은 설천이었어.'

흑야왕은 타마가 말을 알아듣는 것을 이용해 공격해 들어갔다. 실로 타마를 타보기 위한 눈물겨운 노력이 아닐 수 없었다.

"저는 안장이 없어도 상관없는데요."

흑야왕의 노력에 설천이 재를 뿌렸다.

'이런 눈치없는 놈!'

설천의 태연한 대답에 흑야왕은 발끈 화가 났으나 타마의 귀는 쫑긋거렸다.

"무슨 소리냐! 자고로 안장도 없는 말을 타는 무인치고 제대로 된 이를 본 적이 없다!"

흑야왕은 이제 되도 않는 핑계를 대며 억지로 타마에게 재갈을 물리려고 했다.

"그럼 타마가 불편해하지 않게 부탁드리겠습니다."

설천의 입에서 허락의 말이 떨어지자 타마는 믿을 수 없다는 눈으로 설천을 바라봤고, 흑야왕은 광소를 터뜨렸다.

"흐하하하! 그래, 제대로 훈련을 받아야 훌륭한 명마가 될 수 있는 거다."

흑야왕은 마구간이 떠나가라 승리의 미소를 지으며 타마에게 안장을 올리고 훈련장으로 끌고 갔다.

"미안. 하지만 훈련은 꼭 받아두는 게 좋아."

설천은 타마의 갈기를 쓰다듬어 주며 말했다. 마치 사형장에라도 끌려가는 듯 타마의 발걸음은 무거워 보였다. 하지만 설천의 말에 알았다는 듯 고개를 푹 숙여 보였다.

"하, 이제 끝난 거냐?"

흑야왕과 타마의 실랑이가 끝나기를 기다리던 유은수와 나계환이 마구간 안으로 들어서며 물었다.

"응."

설천의 대답에 둘의 얼굴이 밝아졌다.

"다행이다. 네가 없었으면 오늘 숙소로 돌아가긴 힘들었을 거야."

유은수의 말대로 이미 노을이 뉘엿뉘엿 지고 있었다.

"그래, 이제 숙소로 돌아가자."

설천의 말에 유은수와 나계환이 고개를 끄덕였다. 아마 흑야왕은 밤늦도록 타마를 괴롭힐 것이다. 최고 속도로 달리면 땅을 딛지 않고 공중을 달리는 비황마의 비밀을 밝혀내겠다고 다짐하는 흑야왕의 결의를 알고 있었기 때문이다.

평소엔 절대 주인인 설천 외에는 타는 것을 허락하지 않는 녀석이 설천의 명령에 순순히 안장을 얹었으니 흑야왕이 이 기회를 놓칠 리 없었다.

"불쌍한 녀석."

유은수와 나계환은 타마의 명복을 빌어주었다.

"안쓰럽긴 해도 흑야왕 사부님의 훈련을 받고 나면 타마도 좀 더 의젓해지겠지."

설천의 대답에 타마가 진심으로 불쌍하게 여겨졌다.

"어, 지금 돌아오는 거야?"

같은 방을 쓰고 있는 백운과 백환이 설천을 반갑게 맞았다. 백운은 탁자 위에 서류를 산처럼 쌓아놓고 주판을 튕기고 있었다.

가늘고 약해 보이던 인상의 백운도 소년에서 이제는 시원한 인상이 돋보이는 미공자가 되어 있었다. 엄청난 외공 덕분에 소년 시절부터 이미 청년의 체격을 가지고 있었던 백환은 칠 척 장신의 거한이 되어 끙끙거리며 서류 처리에 골몰하는 백운을 돕고 있었다. 물론 계산과 서류 작성은 백운이 맡고, 서류의 운반만 백환의 몫이었다.

"오늘도 처리할 서류가 많네. 같이 하자."

설천의 말에 백운의 얼굴에 화색이 돌았다.

"다행이다. 네가 도와주지 않으면 언제 끝낼지 모르겠어."

설천은 웃으면서 백운이 정리해 놓은 서류를 들어 올렸다. 그 서류는 설우회라 칭해지는 설천과 사부님들이 벌인 사업 목록의 정리표였다. 본업이 마림원의 사부이니 본격적인 사업까진 아니었지만 진법과 약초학, 그리고 맹수까지 관리하다 보니 알게 모르게 사업화되어 버린 것이다.

덕분에 사부들의 돈주머니가 두둑해지고, 그 돈은 다시 마림원에 기부금 형식으로 환원되어 흑풍 마림원에 꽤 큰 도움이 되었다. 그 모든 관리를 백운이 도맡아하고 있었다. 누구

하나 이걸 해라 저걸 해라 지시하는 사람은 없었지만 설천과 친구들은 자신이 잘할 수 있는 부분을 알아서 맡았다.

게다가 그 사업을 도와주고 있는 자는 바로 전귀였다. 돈으로도 살 수 없는 것이 친분이라 말했던 전귀의 말은 옳았다.

설천과 인연을 만든 덕분에 흑풍 마림원에서 나오는 양질의 약초와 새로운 진법의 구결을 독점적으로 취급할 수 있는 기회를 얻은 것이다.

백운은 서류를 빠른 속도로 훑어보는 설천을 바라봤다. 중류정을 타통한 설천은 빠른 속도로 백운이 정리해 놓은 서류를 살폈다. 중류정은 빠른 판단력과 본질을 한눈에 파악할 수 있었기에 설천의 학문적 성과와 서류 처리 속도는 일반인의 두세 배에 달했다.

'괴물 같은 녀석. 하지만 이 녀석의 진짜 무서운 점은 나도 모르게 녀석에게 감화되는 거랄까?

백운이 설천과 친해진 것은 자신의 목숨을 구해줬기 때문이다. 처음엔 그저 목숨을 구해준 고마움에 곁에 머물렀지만 만약 다른 상황에서 만났더라도 설천과 친구가 되었을 것 같았다.

'뭐, 녀석의 사고는 특이하지만 듣다 보면 녀석의 말에 고개를 끄덕이게 되니까.'

백운은 빠른 속도로 자신이 정리해 놓은 서류를 마무리 짓는 설천의 모습에 미소를 지었다.

'네가 뭘 하든 옆에서 도와주마. 군이 목숨 값이 아니더라도 말이다.'

백운은 설천을 바라보는 백환의 얼굴을 바라봤다.

'뭐, 환이 녀석도 나랑 같은 생각이겠지.'

처음 입학할 당시엔 그저 친한 친구 정도였지만 지금은 설천이 하고 싶다면 중원을 정복(?)하는 일이라도 도울 작정인 백운이었다.

'중원 정복이라……. 그래, 그것도 나쁘지 않겠다.'

"음? 결제일이 내일이네?"

전귀에게 그동안 판매한 약초와 차, 그리고 진법을 발현시키는 표지석 판매로 벌어들인 수익을 받는 날이 내일이었다.

"그럼 내가 다녀오지."

주로 몸으로 때우는 일을 자주 하는 백환이 자신이 다녀오겠다며 자청했다.

"아니야. 내일은 내가 다녀올게."

설천은 전귀의 귀신같은 사업 능력과 정보 수집 능력을 높이 샀다. 때문에 가끔씩 들러 세상 돌아가는 이야기를 듣는 것을 즐겼다.

"하지만 내일은 전체 소집이 있다던데?"

"전체 소집?"

전체 소집은 마림원의 학장인 비영검이 전교생을 대상으로 공지할 사항이 있을 때나 긴급 상황에 소집된다.

"언제 소집이 있어?"

"술시야."

"그럼 넉넉하겠네. 미시쯤 다녀오면 되겠다."

점심 식사 후에 후딱 다녀올 생각에 설천은 가볍게 생각했다. 그러나 설천의 전귀 방문은 그리 가볍게 끝나지 않았다.

"이게 누구신가? 어서 오시오, 소공자."

이제는 휜칠해진 설천의 체구에 전귀가 눈을 가늘게 뜨고 반가이 맞았다.

"그동안 안녕하셨습니까?"

설천도 예를 갖춰 인사했다.

"편히 앉으시오. 총관, 소공자께서 즐기시는 자죽엽으로 내오게."

전귀가 약삭빠르게 말했다. 설천은 딱히 자죽엽을 좋아하진 않았다. 다만 백운과 백환이 내공 증진에 도움이 된다는 말에 기뻐하며 차를 물 마시듯 하기에 자신도 어쩔 수 없이 동참한 탓에 손이 갔던 것뿐이다. 그러나 전귀는 그것을 놓치지 않았다. 역시 뛰어난 상인은 작은 것 하나도 놓치는 법이 없는 것 같았다.

"그래, 요즘 별일없으신가요?"

설천은 사실 전귀가 처음엔 많이 부담스러웠다. 단번에 자신이 가진 교룡피갑을 알아볼 정도의 눈썰미와 속을 짐작할 수 없는 태도 때문에 더더욱 그랬다.

그러나 시간이 지날수록 설천은 전귀의 합리적인 사고와 상인다운 호방함에 점차 호감을 가지게 되었다. 특히나 자신과의 거래에서 전귀의 탁월한 상인의 풍모를 엿볼 수 있었다.

그럼에도 가끔 전귀가 자신에게 무언가를 알아내려는 듯 질문을 할 때면 기분이 나빴다. 전귀는 상인답게 늘 값을 매기는 시선으로 바라보며 설천을 떠보았기 때문이다.

"제게 알고 싶은 것이 있으면 단도직입적으로 물어보십시오. 그렇게 떠보듯 질문하지 마시구요."

설천은 전귀에게 불편한 속내를 드러내며 말했다.

"그럼 제가 묻는 것은 전부 알려주시는 겁니까?"

전귀는 한참 어린 설천과 거래를 맺은 이후 하대하는 법이 없었다. 거래하는 사람은 아무리 나이가 어려도 동등하게 대하겠다는 전귀의 상인 정신이 낳은 습관이었다.

"그 질문이 제가 아끼는 사람들에게 피해가 가지 않는 것이라면 솔직히 대답해 드리겠습니다."

설천의 대답에 전귀의 눈초리가 가늘어졌다.

"흠. 좋습니다. 앞으론 소공자의 의중을 떠보는 듯한 질문은 하지 않겠습니다."

전귀의 시원한 대답에 설천은 어안이 벙벙했다. 진짜일까 의심스러웠지만 전귀는 그의 말대로 그 뒤로 궁금한 것은 바로 묻고 떠보는 듯한 질문은 일절 없었다.

'역시 상인답다고 해야 하나.'

주변의 상황을 재빨리 파악하고 자신의 말은 꼭 지키는 전귀의 모습에서 상인의 혼을 발견할 수 있었다.

총관이 자죽엽을 설천과 전귀 앞에 내려놓았다. 설천과 전귀는 차를 홀짝이며 마림원의 소소한 일상에 대해 이야기를 주고받았다.

"요즘 천 공자는 집안 단속으로 많이 바쁘다고 하더군요."

전귀는 천우룡이 사촌형제들과의 경쟁으로 설천에게 신경을 쓸 수 없는 사정을 정확히 알고 있었다.

"음, 그래요?"

입학 직후엔 장우기를 앞세워 이런저런 공작을 펼쳤던 천우룡이다. 그러나 지금은 교주의 후계 자리를 놓고 집안싸움이 한창인지라 설천을 신경 쓸 여유가 없었다.

'집안싸움도 집안싸움이지만 장로파의 압박 또한 무시할 수는 없겠지.'

전귀는 천우룡의 복잡한 사정을 떠올리며 찻물을 삼켰다. 분명 천우룡도 마설천에게서 범상치 않은 기세를 읽었을 것이다. 일반 무인과는 다른 지배자의 기운을 말이다.

하늘에 두 개의 태양이 있을 수 없듯 천우룡은 설천이 자신의 앞을 가로막는다면 제거할 것이다. 그러나 천우룡은 마설천을 제거할 명분도 여유도, 그리고 능력도 없었다. 앞으로 둘의 관계가 어찌 될지 기대되는 전귀였다.

그러나 설천은 그쪽으론 관심도 없는 것 같았다. 그럼에도 전귀는 마설천과 천우룡이 운명적으로 얽혀 있다는 것을 짐작할 수 있었다.

'교주의 후계자와 지금은 성장 중인 지배자의 기운을 가진 청년이라…… 뜻밖의 수확이야. 그래서 더 재미있는 것이겠지.'

전귀는 살에 파묻힌 입가를 씩 끌어올렸다.

"흑풍 마림원에서 나온 물건들은 질이 좋아서 판매가 좋은 편입니다. 혹 물량을 늘려주실 순 없으신지요?"

전귀가 슬쩍 사업 확장의 가능성을 물었다.

"그건 곤란합니다."

설천은 딱 잘라 거절했다. 사부들의 무모한(?) 실험비 마련을 위해 시작한 일이다. 여기서 사업을 확장한다는 것은 주객이 전도되는 일이었다.

"아쉽군요."

전귀는 정말 아쉽다는 듯 입맛을 다셨다. 돈이 되는 일에 미련이 많은 것도 상인인 전귀의 특징이었다.

"그건 그렇고 말입니다. 소공자께서는 자신의 검이 없다고 들었습니다."

전귀의 말에 설천의 인상이 흐려졌다.

'도대체 태상노군 사부님의 검을 빌려 쓰고 있다는 것은 어디서 들은 거지?'

최대한 봉마곡의 의부들과 관련된 것은 숨기고 있는 설천이었다. 그러나 거상인 전귀는 모르는 것이 없을 정도로 어마어마한 정보를 꿰고 있었다.

"그게 무슨 말씀이신지……?"

설천은 슬쩍 모르는 척 의뭉스레 물었다.

'확실히 어른이 되었어.'

전에는 곧이곧대로 말하던 설천이 이제는 저리 능청스레 전귀를 상대한다.

"제가 알기론 태상노군 사부께 검을 빌려 쓰고 있다 들었습니다."

'쳇, 도대체 어디서 알아낸 거지?'

설천은 속으로 혀를 차며 찻잔을 내려놓았다.

"사부님의 검술을 사사하고 있으니 검도 빌려주실 수 있는 거 아닙니까?"

설천은 태연스레 대꾸했다.

"그렇긴 하죠. 하지만 무인이라면 자신만의 검을 지니는 것이 당연한 것 아니겠습니까? 검을 가지고 싶지 않으십니까?"

설천은 전귀가 무엇 때문에 저런 말을 꺼냈는지 고민하며 전귀를 바라봤다.

"제게 검이라도 팔 생각이십니까?"

피식 설천이 웃으며 물었다.

"역시 선견지명이 있으시군요."

설천은 웃자고 한 소리에 전귀가 맞장구를 치자 멍해졌다.

'정말 검을 팔겠다고? 전귀가 취급하는 검이라면 한두 푼이 아닐 텐데?'

"검이 손에 맞으신다면 공짜로 드리죠."

얼마나 비쌀지 고심하는 설천에게 전귀는 의외의 말을 한다.

"공짜라구요?"

설천의 얼굴에 의아한 기색이 감돈다. 절대 이익이 없으면 움직이지 않는 전귀가 공짜로 주겠다니 의심스러운 탓이다.

"사실 처치 곤란이라 가져가시는 분께 돈이라도 얹어 드리고 싶은 심정입니다."

"그게 무슨……"

"관심이 있으시면… 잠시 자리를 옮길까요?"

전귀의 말에 설천은 의심스러운 기색을 지울 수 없었지만 고개를 끄덕였다.

"여깁니다."

"여기는?"

전귀의 으리으리한 대저택에는 어울리지 않게 불에 그을린 듯 엉망인 작은 전각이었다.

"원래 이 전각은 제 저택에서도 손꼽히게 아름다운 곳이었습니다."

전귀의 목소리는 퉁퉁하고 커다란 그의 몸과 어울리지 않
게 축 처져 있었다.

온갖 기화요초와 우아한 건물들이 잔뜩 있는 전귀의 저택
에서도 손꼽히게 아름다웠다는 말을 믿을 수 없을 정도로 검
게 타고 남은 잔해가 뒹굴고 있었다.

"일단 안으로 들어가시죠."

전귀는 안으로 향하는 동안 왠지 내키지 않는다는 듯 전각
안을 흘끔거렸다.

"도대체 이게……."

설천은 전각 안의 모습에 말문이 막혔다. 전각 안은 성한
곳이라곤 한 군데도 없었다. 모두 불에 타 숯덩이로 변해 있
었다. 게다가 그 참상의 한가운데에는 화기와 전격을 막아주
는 최강의 진법인 화격봉쇄진(火隔封鎖陣)이 펼쳐져 있었다.
그러나 그 진법도 안에서 새어 나오는 화기와 뇌전을 막아내
지 못했는지 불꽃이 비처럼 흩날리고 있었다.

'저 불꽃과 뇌전 때문에 이렇게 된 거로군.'

설천은 대강의 상황을 유추해 낼 수 있었다.

'도대체 저 안에 뭐가 있는 거지?'

설천은 봉쇄진 중에서도 최강을 자랑하는 화격봉쇄진을
뚫고 사나운 불꽃과 전격을 흘리는 존재가 궁금해졌다.

"저 안에 뭐가 있는 겁니까?"

설천의 말에 전귀의 얼굴이 와락 일그러졌다.

"계륵(鷄肋)이지요."

"계륵?"

먹긴 그렇고 버리자니 아까운 계륵이라……. 설천은 길가의 잡초라도 뽑아서 팔 수 있을 것 같은 전귀를 고민하게 만든 존재에 흥미를 느꼈다.

"저것에 들인 돈만 해도 족히 수만 냥이 넘습니다."

전귀의 목소리는 살짝 떨려왔다. 평생 손해 보는 장사는 절대 해본 일이 없는 그다. 그런데 지금은 손쓸 방도도 없이 앉아서 그 수만 냥을 그냥 썩혀야 하는 상황이 온 것이다.

설천은 야수안을 시전해 진법 안을 살폈다. 뇌전(雷電)과 불꽃이 진법 안을 휘몰아치고 있었기에 안에 무엇이 있는지 설천도 꽤나 집중해야 했다.

'음? 저건?'

거센 지옥 불처럼 맹렬히 솟아오르는 불꽃과 전격 사이로 희미한 형체가 보였다. 불꽃이 무늬처럼 아로새겨진 검파와 뇌전이 살벌하게 흐르는 검두. 한눈에 보기에도 범상치 않은 검이었다.

"진법 안에 꽤나 흥미로운 물건이 있군요."

설천이 희미하게 웃으며 말했다. 전귀는 설천이 단번에 진법 안에 있는 검을 알아보자 화색을 띠었다.

"역시 제가 보는 눈은 있군요. 어떠신가요, 소공자? 마음에 든다면 드리겠습니다."

전귀의 제의에 설천이 잠시 생각에 잠겼다. 아무리 전귀에게 애물단지라도 저 검은 분명 범상치 않은 물건이었다. 그 검을 자신에게 공짜로 주겠다? 천상 상인인 전귀에겐 어울리지 않는 친절이었다.

"원하는 게 뭡니까?"

설천의 말에 전귀가 크게 웃었다.

'역시 내가 보는 눈이 틀리지 않았어.'

처음 설천을 만난 것은 암시 경매에서였다. 그때는 아직 어린 소년이었지만 대범함과 놀라울 정도의 능력을 가지고 있었다. 그렇다 해도 싹수가 있어 보이는 아이였을 뿐이다. 게다가 뭔가를 감추는 것이 역력한 풋내가 나는 아이.

그러나 삼 년이란 시간 동안 소년은 청년이 되었고, 마림원에 어떤 영향을 행사하는지 지켜보았다. 때문에 전귀는 생각을 바꿀 수밖에 없었다. 고작 앞날이 기대되는 아이가 아니었다.

'분명 천마신교뿐만 아니라 무림 전체에 풍운을 몰고 올 인재다.'

전귀는 철전 한 닢이라도 남는 장사가 아니라면 절대 움직이지 않았지만 앞으로 크게 남게 될 장사에는 아끼는 법이 없었다.

"투자라고 해두죠."

"투자요? 제게?"

설천이 모르겠다는 얼굴로 말했다.

"소공자가 크게 되면 지금처럼 거래를 맡겨주시면 되는 겁니다. 뭐, 나쁜 거래는 아니죠."

설천은 솔직히 전귀가 마림원과의 거래에서 크게 이문을 남겼다고 생각하지 않았다. 철저한 상인이라는 소문에도 불구하고 그는 마림원에서 나온 것들을 거의 남기는 것 없이 판매해 주는 역할을 했다. 그 점이 의아하기에 설천이 물은 적이 있었다. 설천의 물음에 전귀의 대답은 알쏭달쏭했다.

"돈을 남기는 장사만이 장사는 아니죠."

설천이 듣기에 전귀의 대답은 수수께끼였다. 전귀가 무엇을 얻었는지는 모르겠지만, 덕분에 마림원에서 나온 물건들을 안정적으로 거래할 수 있었으니 설천도 불만은 없었다.

"좋아요. 그럼 저 검은 제가 받겠습니다."

설천의 대답에 전귀는 만족스러운 표정을 지었다. 설천이 받겠다고 호언장담한 검은 설천과 잠시 인연이 있었던 마 노호의 역작이었다. 그것도 전귀가 백만 냥에 구입한 벽력초의 정수를 추출해 만든 명검이었다.

장장 삼 년에 가까운 제련을 거쳐 만들어낸 명검이지만 문제는 검에 깃든 뇌기가 시도 때도 없이 방출된다는 점이다. 검집을 씌워도 그 기운이 사방으로 퍼져 화마를 일으켰다. 그러니 아무리 명검이라도 검을 쥘 엄두조차 내지 못했다. 자그

마치 백만 냥이라는 거금을 들여 벽력초를 구입하고 마 노호가 검을 제작하기까지의 비용을 모두 지불한 전귀다.

물론 그 정도의 투자비용을 모두 회수할 수 있을 것이라 여겼기에 과감하게 투자한 것이다. 그러나 생각지도 못한 난관이 바로 검 자체에 있었으니 전귀로서는 이러지도 저러지도 못할 상황이었다.

게다가 검을 만든 마 노호에게 검의 기세를 가라앉힐 방도를 찾아보라 말하자 '저 검은 내 평생의 역작이요. 그 역작에 더 이상 손을 대는 일은 나를 모욕하는 일이오' 라는 말로 전귀의 복장을 터지게 만들었다.

"뉘기 때문에 손에 쥘 수도 없는 검이 무슨 필생의 역작이란 말이오!"

전귀는 어이없다는 듯 마 노호에게 소리쳤다.

"검은 그 자체로 완벽한 존재요."

그러자 마 노호는 검에 미친 작자다운 말을 내뱉었다.

'손에 쥐는 사람이 없어도 그 자체로 완벽하다?'

그 말에 전귀는 욕이 올라왔다. 장인인 마 노호는 그리 말할지 몰라도 전귀는 상인이다. 팔 수 없는 물건은 필요없었다. 전귀는 머리 꼭대기까지 열이 올라 푸짐한 살을 푸들거리며 마 노호를 노려봤다.

"염려할 것 없소. 모든 물건엔 주인이 있는 법이니 말이오."

마 노호가 도통한 듯한 소리를 지껄이자 전귀는 어이가 없어 화를 낼 기력조차 사라졌다.

"알겠소. 일단 진법으로 봉인을 해두든지 해야지, 원. 저 검 주변에 얼쩡거리다가는 벼락 맞아 죽기 십상이겠소. 도대체 어떻게 가져온 거요?"

"한철과 빙옥석으로 만든 궤짝에 넣어서 가져왔소."

"그런 방법이 있었으면 왜 진작……."

"고작 한 시진을 버티고 부서지더군."

마 노호의 대답에 전귀가 신음을 흘렸다.

"어쩌다가 저런 괴물 같은 검을 만든 거요?"

전귀가 믿을 수 없다는 듯 중얼거렸다.

"괴물 같은 검이라……. 그리 부를 수도 있겠지만 저 검은 천하제일의 명검이오."

"하지만 검을 쓸 수 없다면 무용지물 아니오."

"자신이 사용할 검도 다스리지 못한다면 어찌 진정한 검의 주인이 될 수 있겠소. 불가능해 보이지만 분명 저 검을 다스릴 수 있는 자가 있을 것이오."

"그런 게 가능할 리가……."

전귀는 불가능하다는 어투로 중얼거리다가 뇌리에 불현듯 설천의 얼굴이 떠올랐다. 치료가 불가능하다는 구음절맥을 완치시키고 신마문의 콧대를 꺾은 아이.

"마 노호의 말대로 검의 주인이 따로 있을지도 모르겠군."

전귀의 입가에 미소가 걸렸다. 좀 전까지 까맣게 탄 전각을 보며 인상을 쓰던 전귀의 얼굴에 만족의 빛이 흘렀다.

설천은 자신이 받겠다고 큰소리를 치긴 했으나 어떻게 해야 할지 난감했다. 마른하늘에 날벼락이라는 말이 실감나게 느껴질 듯 주변에 번개가 번쩍였다. 아직 진법 밖인데도 몸이 저릿하고 뇌기로 인해 발생한 불꽃이 설천의 옷자락을 그슬렀다.

"일단 좀 고민해 본 후 다시 오겠습니다."

설천은 전귀에게 작별 인사를 건넸다.

"아 참! 돌아가면 재미있는 소식이 기다릴 겁니다, 소공자."

"재미있는 소식?"

설천은 궁금하다는 듯 전귀를 바라봤다.

"돌아가면 바로 알게 되실 겁니다. 참가자로 선발되셨을 때 꼭 저 검을 가져가셨으면 좋겠군요."

전귀는 설천에게 알쏭달쏭한 말을 남기고 안채로 사라졌다. 설천은 그 재미있는 소식이 무얼까 궁금해졌다.

第二章
무림맹 쟁투첩

마도
공자

"학장님, 동평입니다. 급한 일로 드릴 말씀이 있습니다."

자신의 집무실에서 서류를 살피던 비영검은 동평의 걱정 어린 목소리에 의아한 생각이 들었다.

"들어오게."

비영검은 집무실로 들어서는 동평의 얼굴이 딱딱하게 굳은 것을 알아차리고 얼굴을 찌푸렸다. 노련한 행정관인 동평의 얼굴이 저리 심각하단 것은 자신의 능력으로 감당할 수 없는 일이 벌어졌다는 것을 뜻했다.

"그래, 무슨 일인가?"

동평이 자리를 잡고 앉자 비영검이 무거운 목소리로 물었다.

"무림맹에서 서찰이 왔습니다."

"무림맹에서? 무슨 서찰인가?"

비영검은 잠시 고개를 갸웃거렸다. 정마대전 이후 거의 왕래가 단절된 상태인 무림맹에서 천마신교의 핵심 중추 세력인 교주전도 아닌, 일개 마림원에 서찰을 보냈다니 불길한 예감을 지울 수 없었다.

"저… 쟁투첩(爭鬪牒)이 왔습니다."

"뭐라? 쟁투첩?!"

비영검은 화들짝 놀라 자신도 모르게 큰 소리를 내고 말았다. 쟁투첩은 정파와 사파, 세외와 천마신교 후기지수들의 무술 대회 초청장과 같았다. 원래 처음 대회를 시작한 것이 정파였기에 대회의 개최는 정파의 임의대로 열렸다. 원래 정파가 하는 일이라면 곱게 보질 않는 천마신교였기에 정파에서는 사파, 그리고 세외만 초청하곤 했다. 그런데 갑자기 무슨 바람이 불어 쟁투첩을 보냈는지 알 수가 없었다.

"교에서도 알고 있나?"

천마신교의 지도부에서 반대한다면 참가할 수 없을 것이다.

"그것이……."

동평은 미묘한 표정으로 비영검을 바라봤다.

"자율권을 주겠다는 답입니다."

"알아서 하라는 말이군."

듣기엔 흑풍 마림원을 존중해 주는 듯한 말이다. 그러나 어떤 선택을 해도 흑풍 마림원으로서는 모두 달갑지 않은 일이었다. 참가하지 않겠다고 거절해서 정파와 다툼이 생겨도 문제, 참가해서 분쟁이 생겨도 문제였기 때문이다.

"어찌하실 겁니까?"

동평이 조심스레 비영검의 얼굴을 살피며 물었다.

"분명 참가한다면 학생들의 견문을 넓힐 수 있는 기회가 되겠지. 그런데 왜 정파에서 그동안 배제해 왔던 우리에게 쟁투첩을 보낸 것일까?"

비영검이 궁금한 얼굴로 물었다.

"저도 그것이 궁금해 나름대로 조사를 해봤습니다."

동평이 조심스레 입을 열었다.

"듣자 하니 정파 무림맹주의 외동딸이 이번 대회에 꼭 천마신교도 초청해 달라 청했답니다."

"맹주의 딸이? 도대체 왜?"

비영검이 궁금한 얼굴로 물었다.

"정확한 것은 아니나 맹주의 딸은 원래 목숨이 위태로울 지경으로 몸이 좋질 못했습니다. 그런데 한동안 모습을 감추더니 건강을 되찾아 돌아왔다고 합니다. 그동안 모습을 감추고 있던 맹주의 금지옥엽이라 많은 문파에서 혼담을 넣었는데 모두 거절한데다가 놀랍게도 자신은 정, 사, 마를 떠나 가장 강한 이와 혼인하겠다며 맹주에게 선언했다고 합니다."

동평의 말에 비영검의 얼굴에 어이없다는 표정이 떠올랐다.

"앞뒤 상황을 보면 그런 딸의 청을 맹주가 들어준 것 같습니다."

동평은 한숨을 내쉬며 말했다.

"허어, 고작 그런 이유로 사이도 좋지 않은 우리에게 쟁투첩을 보냈단 말인가?"

비영검은 헛웃음을 흘리며 말했다.

"맹주가 딸을 애지중지한다니 들어준 것이 아닐까 싶습니다."

동평이 조심스레 대답했다.

"아니, 아무리 딸을 애지중지한다 해도 그는 정파를 이끌고 있는 수장이네. 단지 그 이유만은 아닐 걸세."

비영검의 말에 동평의 얼굴에 의문이 떠올랐다.

"그럼 도대체 무얼 노리고 딸의 청을 못 이긴 척 허락한 걸까요?"

"뻔하지. 천마신교의 다음 후기지수의 실력을 미리 알아보고자 하는 것이겠지."

"그럼 혹 저희 쪽과 생사결을 다시 하려고……?"

"아니. 그건 아니겠지. 정마대전이 마무리된 지 고작 삼십 년이네. 십 년이면 강산이 변한다고 하지만 맹주는 지금 안정을 통해 힘을 기르는 것이 먼저라고 생각하겠지."

"그렇다면 굳이 왜 후기지수들의 실력을 알아보려고 하는 걸까요?"

"뻔하지. 우리가 어떤 일을 벌일지 모르니 미리 조심하자는 의미겠지. 분명 흑풍 마림원에서 뛰어난 학생이라면 다음 대 천마신교의 동량(棟梁)이라 할 수 있으니 말일세."

비영검의 말에 동평은 복잡한 표정이 되었다.

"그럼 거절하는 게 좋을까요?"

동평이 조심스런 어조로 물었다.

"위험하고 여러 가지가 의심스럽긴 하지만, 이번 기회는 우리에게도 호길세. 게다가 학생들은 더 이상 아이들이 아니네."

비영검이 즐겁다는 듯 빙긋이 웃었다.

"이 항목은 뭔가?"

다시 서류를 검토하던 비영검은 동평이 정리해 온 장부를 보고 물었다.

"아, 그 항목 말씀이시군요."

수업환원금(受業還元金).

보도 듣도 못한 항목이 떡하니 자리를 잡고 있었다. 게다가 금액도 꽤나 크다.

"이런 수익금이 있었던가?"

마림원은 기본적으로 학생들이 낸 학비와 천마신교에서 주는 보조금, 그리고 고수들이 후기지수 양성을 위해 투척하는 기부금 등이 주 수입원이었다. 그런데 수업환원금이라니 비영검은 의아한 생각이 들었다.

"그렇지 않아도 그 돈에 대해 보고를 드릴 생각이었습니다."

"그래, 이 돈은 뭔가?"

"그건 마설천 학생을 제자로 들이신 사부님들이 모여서 이런저런 쓸 만한 것을 만들어 팔고 남은 돈이라고 합니다."

"뭣! 뭐라?"

순간 비영검은 자신의 귀를 의심했다. 자신의 전문 분야가 아니면 관심도 없는 사부들이 아닌가? 액수를 보니 상당하다.

'이 금액이 쓰고 남은 돈이라고? 게다가 그 자존심이 고고한 사부들이 고작 어린 제자의 말을 듣고 이런 일을 시작했다니?'

비영검은 혹 자신이 잘못 안 것이 아닌가 싶어 몇 번이고 눈을 비볐다. 그러나 설천이 벌어들이고 있는 돈의 대부분은 사부들의 실험 실습비로 쓰이고 나머지는 착실하게 수업환원금으로 쌓이고 있었다. 비영검은 처음엔 놀랐으나 이내 대견하다는 눈으로 장부를 바라봤다.

"이 돈은 쓰지 말고 모아두게. 나중에 학생들에게 도움이 될 만한 일에 쓰도록 하지."

마치 선물이라도 받은 듯 흐뭇해하는 비영검의 모습에 동평은 할 말을 잃었다. 동평은 설천의 수완에 혀를 내둘렀지만, 비영검은 이제 설천이 보호해 줘야 할 아이가 아니라는 걸 실감했다.

'이런 일을 실행할 정도의 행동력과 추진력, 그리고 사부들을 휘어잡을 정도로 성장했구나. 처음엔 걱정만 앞서던 어린아이였는데……'

비영검은 마치 손자의 성장을 바라보는 할아버지처럼 기쁘면서도 허전했다.

'이제는 밖으로 나가 경험을 쌓을 때로구나. 마림원은 녀석에게 너무 좁을 테니 말이야.'

비영검은 잠시 생각에 잠겼다가 결심을 굳힌 듯 입을 열었다.

"아이들은 금방 성장하지. 우리가 할 수 있는 일이라곤 믿고 지켜보는 일뿐이겠지. 학생들을 소집해 주게. 흑풍 마림원이 천산을 벗어나 강호에 위명을 날릴 기회를 놓쳐서는 안 되겠지."

비영검이 즐겁게 이야기했다.

*　　　*　　　*

"지금 돌아온 게냐?"
약왕은 설천이 약초 창고로 들어서는 모습에 반색을 하며 물었다.

"네. 사부님이 말씀하신 대식국에서 건너온 진귀한 약초 씨는 이 돈으로 구입하면 될 것 같아요."

설천은 그 외에도 돈이 꽤 드는 일을 읊어주며 가능할 것 같다고 담담하게 말했다.

'이 녀석은 확실히 복덩이야.'

혹야왕은 상전을 얻었다고 투덜거렸지만, 설천이 사부들을 끌어모아 이것저것 일을 벌인 후부터 약왕은 자금이 부족해 구하고 싶었던 약재나 약초를 못 구하는 일이 사라졌다. 남들이 들으면 고작 그런 걸로 감동하느냐며 비웃을지 몰라도 약왕이 탐내는 약재들은 어마어마한 가격대였다. 그런 것이 가능하도록 만들어주는 제자가 세상천지 어디에 있을까 싶어 나름 뿌듯했다.

"나한테 일일이 보고할 필요 없다. 어차피 네가 다 하던 일 아니냐. 알아서 처리해라."

약왕이 대견하다는 얼굴로 설천에게 말했다.

"아차! 그러고 보니 네가 자릴 비우면 이 일을 누가 한다?"

약왕은 큰일이라도 난 듯 중얼거렸다.

"네? 자릴 비울 일이 없는데요?"

설천이 무슨 소리냐는 듯 약왕에게 물었다.

"무슨 소리냐? 무림맹에서 쟁투첩을 보냈는데 당연히 네가 가야지."

"쟁투첩이라뇨? 그게 뭐죠?"

"그러고 보니 아직 학장께서 발표하기 전이구나. 게다가 삼십 년 만에 다시 시작하는 쟁투전이니 모르는 것이 당연하겠지."

약왕은 아련한 얼굴로 생각에 잠겼다.

"내가 한창때 쟁투전은 꽤나 볼만했지. 특히 정파 제갈세가 소저의 미모가 대단했지."

약왕은 그때의 추억을 떠올리며 몽롱한 표정을 지었다.

"스승님?!"

그러나 설천의 질책이 담긴 부름에 퍼뜩 정신을 차렸다.

"흠흠! 그래, 쟁투전! 한마디로 간접적인 전투지. 뭐 지금이야 천마신교와 정파, 사파가 서로 조용히 지내니 사라진 것이지만 예전의 쟁투전은 그야말로 피가 튀고 살점이 뜯기는 전쟁이었다."

약왕은 흥분해서 제대로 된 설명이 아닌 자신의 무용담으로 채워갔다. 그러나 설천은 쟁투전이라는 것이 천마신교와 정파, 그리고 사파, 세외의 후기지수들이 무공을 겨루는 대회라는 것을 대강 알아차릴 수 있었다.

"전귀가 말한 재미있는 일이 이거였군."

설천은 약왕의 약재 창고를 벗어나 비영검이 전체 학생을 소집한 연무장으로 움직였다. 설천도 이미 알아차렸듯 연무장의 학생들은 쟁투첩이 도착했다는 소식에 모두 흥분해 있었다.

"설천아, 들었어?"

마인답게 치르게 될 전투에 모두의 눈이 기대와 흥분으로
반짝였다.

"고리타분한 정파 놈들을 혼내줄 기회야."

비교적 성정이 차분한 백운까지 열이 오른 얼굴로 말했다.

"흠? 그래."

그러나 설천의 반응은 시큰둥했다.

"기대되지 않아?"

유은수가 끼어들며 물었다.

"글쎄."

설천은 정파에 대한 적의가 없었다. 정파에 대한 지식은 전
무했고, 정파 중에 아는 사람도 없었으며, 한 번도 천산 밖을
나가본 일이 없었다. 그러니 정파에 대한 선입관이 없었다.
때문에 미적지근한 반응을 보일 수밖에 없었다.

"아무튼 나는 이번 쟁투전에 꼭 천마신교의 대표로 나갈
거야."

백운이 주먹을 불끈 쥐며 말했다.

"쟁투전의 대표는 열 명 정도로 우수한 학생으로 선발해."

교 내외의 일에 해박한 유은수가 말했다.

"쟁투전이니까 무공만 겨루는 건가?"

설천이 유은수의 설명에 흥미를 느꼈는지 물었다.

"무공을 겨루는 것이지만, 여러 가지 암기와 독도 사용이 가능해. 게다가 세외와 사파에서도 참가하니까 식견을 넓힐 수 있는 기회가 될 거야."

유은수가 차분하게 말했다.

"흠, 무공하면 힘과 힘의 대결인데 독과 암기라니?"

백환이 재미없다는 듯 말했다. 백환은 패도적인 검술을 사용하기에 암기나 독 사용을 싫어했다.

"세외랑 사파? 그럼 다른 종류의 맹수와 무공도 볼 수 있겠네?"

설천의 눈이 호기심으로 반짝이는 것을 백운이 발견하곤 쓴웃음을 지었다.

'하긴 설천이 녀석은 여러 가지 새로운 것들을 좋아하지.'

설천은 잠시 고민에 빠졌다.

'참가하는 것이 좋을까? 하지만 마림원에서 처리해야 할 일도 많은데…… . 뭐, 내가 참가하게 될지 아닐지도 모르는데 나중에 천천히 생각해도 늦지 않겠지.'

설천과 학생들이 각자의 생각에 빠져 눈을 반짝이고 있을 때, 비영검이 천천히 학생들 앞으로 나섰다.

"무림맹에서 쟁투첩이 도착했다. 이번 대회는 천마신교의 최고 교육기관인 우리 흑풍 마림원의 학생들이 무림맹의 쟁투전에 참가해 주길 바란다는 요청이 있었다. 흑풍 마림원 학생들의 실력은 전부 강호에 내놓아도 손색이 없으나, 행정상의 편의를 위해 무공 수위 상위의 열 명만 참가할 수 있다."

비영검의 발표에 학생들이 안타까운 신음을 흘렸다.

"으윽! 고작 열 명이라니! 마림원 안에서 십 등 안에 들어야 갈 수 있다는 말이잖아!"

학생들이 억울하다고 소리 죽여 투덜거렸다.

"그 열 명은 무공 실력으로 선발하겠다. 그러나 선발에 이의가 있는 학생은 개인적으로 비무를 청해 그 권리를 획득할 수 있도록 한다. 단, 비무는 사부들의 입회하에 안전하게 이루어져야 한다."

"좋았어!"

조금은 침울한 얼굴로 비영검의 이야기를 듣던 학생들이 환호했다.

"그러나 이번 쟁투전에 신입생은 참여할 수 없다."

비영검의 이어지는 말에 신입생들의 비통에 참긴 신음이 들려왔다.

"뭐, 열 명 안에 들긴 힘들겠지만 선발된 녀석을 이기면 되겠지? 열 명 중에 만만한 녀석이 있어야 할 텐데."

나계환이 다행이라는 듯 너스레를 떨며 말했다. 그러나 설천은 흑풍 마림원 안에서 열 손가락 안에 자신의 친구들이 속한다는 것을 알고 있었다. 무위뿐만 아니라 설천과 함께 다양한 지식과 경험을 쌓은 그들의 실력은 뛰어났다.

"우리 마림원에만 쟁투첩이 왔다고 빨간 달 녀석들이랑 아수라 녀석들이 이를 갈겠는데?"

나계환이 고소하다는 얼굴로 말했다. 빨간 달, 적월(赤月) 마림원과 아수라(阿修羅) 마림원은 흑풍 마림원 다음으로 손 꼽히는 마림원이었다. 그러나 워낙 흑풍 마림원과의 격차가 컸기에 대부분의 중요 행사와 공식 공문은 흑풍 마림원에 가장 먼저 보내졌고, 초청이나 후기지수 모임 등에도 흑풍 마림원의 학생을 초청하는 것이 일반적이었다. 그만큼 흑풍 마림원의 학생들의 무위는 대단했다.

"뭐, 빨간 달 녀석들과 무식한 아수라 녀석들이야 우리 상대가 못 되지."

유은수까지 나계환의 말에 동조하며 말했다. 적월 마림원은 무공 중에서도 속도와 은밀함을 중시하는 교육으로 살수와 암습의 달인을 양성했고, 아수라는 패도적인 무공으로 위사와 무장을 양성했다. 그리고 흑풍 마림원은 그 모두를 아우르는 지도층을 양성하기에 실력 차가 있었다.

"그런데 쟁투전은 어떻게 치르는 거지?"

설천이 궁금한 듯 물었다.

"뭐 정확히는 대전 방식이야. 대전 상대는 대부분 다른 세력의 무인으로 선정하고 말이야."

백운이 기억을 더듬어 말했다.

"그래? 그건 어떻게 알았어?"

설천이 궁금하다는 듯 물었다.

"아, 우리 아버지가 전에 참가한 적이 있거든. 물론 정마대전이 벌어지기 전이지."

"이번 쟁투전의 참가자는 공고문에 게시하겠다. 그 참가자 중에서 원하는 학생에게 비무를 청하도록."

비영검은 호승심과 흥분으로 반짝이는 학생들의 눈에 웃음을 지으며 걸음을 옮겼다. 비영검이 연무장을 벗어나자 곧 동평이 연무장의 벽면에 열 명의 선발된 학생의 명단을 붙였다. 비영검과 동평이 사라지자 은밀히 소곤거리던 학생들이 봇물 터지듯 떠들기 시작했다.

"역시 예상했던 대로야."

선발 학생 명단을 살핀 백운이 슬쩍 천우룡 쪽을 바라보며 말했다.

"그게 무슨 소리야?"

설천도 명단을 보고 백운에게 물었다. 명단에는 설천과 설천의 친구들, 그리고 천우룡과 천우룡의 추종자들이 차지하고 있었다.

"이번 쟁투전 참가는 순탄치만은 않겠어. 껄끄러운 상대랑 함께라니……."

백운이 설천과 천우룡을 손짓으로 가리키며 말했다.

"선발되면 꼭 참가해야 하는 거야?"

설천이 잠시 고민하다가 백운에게 물었다.

"설마 너, 참가하지 않을 거야?"

백운이 놀라서 눈을 크게 뜨고 물었다.

"고민 중이야. 나는 별로 참가하고 싶은 생각이 없어서……."

"엑! 뭐라고?"

백운의 경악한 목소리와 함께 설천의 주위에 모여 있는 나머지 친구들도 눈을 크게 떴다.

"절대 안 돼! 무슨 일이 있어도 꼭 참가해야 한다고!"

백운은 대경실색하며 설천을 회유하기 시작했다.

"왜 꼭 참가해야 하는데?"

설천은 무림맹에서 열리는 쟁투전보다 전귀가 주겠다고 한 검을 어찌해야 할까 고민에 빠져 있었다.

"왜긴 답답한 마림원을 벗어나 정파 녀석들을 혼내줄 수 있는 기회를 왜 마다하는 건데?"

백운은 이제 거의 경악에 가까운 얼굴로 소리쳤다. 도대체 왜 설천이 참가하기 싫다고 하는 건지 이해할 수 없다는 얼굴이었다.

"딱히 정파가 싫은 것도 아니고, 굳이 마림원을 벗어나고 싶은 생각도 없거든. 게다가 내가 자릴 비우면 사부님들이 하시는 일에 차질이 생길 것 같아서."

설천이 또박또박 여러 가지 이유를 댔다.

"고작 그런 이유로 참가하지 않겠다고?"

그러자 이번에는 백운에 이어 유은수까지 어이없다는 얼

굴로 물었다.

"여기 일은 내가 대강 마무리해 놓으면 아무 차질 없을 거야. 그러니까……."

백운이 설천을 설득하려 말했다. 지금이야 나계환과 유은수도 백환, 백운과 스스럼없이 어울렸지만, 처음 백환과 백운은 나계환과 유은수를 탐탁지 않게 생각했다. 이유인즉 그 둘이 설천을 이용하려는 게 아닐까 하는 생각을 했기 때문이다.

아닌 말로 유은수와 나계환은 설천이의 도움을 통해 한 단계 발전하는 계기를 얻고 난 후 무언가 상승 무학의 단서가 될 만한 것을 설천이 알려주지 않을까 싶어 주변을 맴돌았다. 그러나 시간이 지나면서 마설천에게 호기심을 넘어선 흡인력을 느꼈다.

'남들이 보지 못하는 것을 보고, 남들이 할 수 없는 것을 하는 녀석이다.'

남들과 다른 것을 보고 꿈꾸는 것은 누구나 할 수 있을지 모른다. 그러나 그 꿈을 현실로 만들어내는 것은 아무나 할 수 없는 일이다. 마설천은 그것이 가능했다. 자신이 최고라고 여기는 마림원의 사부들을 머리를 맞대게 만들었고, 아슬아슬하던 흑풍 마림원의 분위기를 쇄신한 일등공신이다.

옆에서 그 일련의 과정을 지켜보고 함께한 유은수와 나계환은 설천이 그 모든 것을 진심과 노력으로 이뤄낸 것을 알았다. 그렇기 때문에 처음에야 계산속으로 친해졌지만, 지금은 설천을 진정한 친구로 생각하고 있었다.

"이번 쟁투전에 참가하면 정파는 물론이고 세외 세력을 만나서 새로운 무공과 독초, 그리고 맹수를 볼 수 있을 텐데 그래도 싫어?"

이제까지 설천을 설득하기 위해 실랑이를 벌이는 모습을 가만히 지켜보던 나계환이 입을 열었다. 설천의 친구 중 가장 머리가 좋은 녀석은 백운이었지만, 설천의 성정을 가장 잘 파악하고 있는 것은 나계환이었다. 나계환의 한마디에 설천의 마음이 바뀐 것은 두말할 필요도 없었다.

第三章
사아의 환골탈태

마도
공자

"앞으로 보름인가?"

설천은 보름 안에 검의 뇌전과 화염을 다스리는 방법을 알아내야 했다. 전귀는 어떤 방법을 쓰든 상관없다고 했지만, 쟁투전에 자신이 준 검을 들고 가지 않는다면 검을 줄 수 없다고 딱 잘라 말했다.

"제 투자가 정확했는지 시험해 보기 위해서 어쩔 수 없습니다."

왜 구태여 이 검을 지니고 쟁투전에 참가해야 하는지 의아해하는 설천에게 전귀는 특유의 속을 알 수 없는 미소를 지어 보이며 대답했다. 전귀의 알 수 없는 이유 때문에 바빠진 것은 설천이었다. 우선 화기와 뇌전을 다스리기 위해 진법 스승인 당 사부에게 조언을 구했다.

"화격봉쇄진을 뚫고 나올 정도의 위력을 가진 뇌전이라면 진법으로는 방법이 없을 것 같구나."

당 사부가 고민에 싸인 얼굴로 말했다. 화격봉쇄진은 뇌격과 화염에 특화된 최강의 봉쇄 진법이다. 그 진법을 뚫고 나올 정도의 뇌전과 화염을 일으키는 검이라면 진법으로 해결 방법이 없을 것이다.

"뇌전은 하늘과 땅의 기운을 동시에 지니고 있다. 하늘에서 시작해 땅으로 떨어지는 존재이니 말이다. 그러니 반대로 땅에서 시작해 하늘로 오르는 존재가 있다면 봉인이 가능할지도 모르지."

"땅에서 시작해 하늘로 오르는 것? 그게 뭔가요?"

설천이 모르겠다는 얼굴로 물었다.

"하하하, 글쎄, 진법의 원리로 보자면 그런데 세상에 그런 성질을 가진 존재가 없어서 아쉽구나. 아마 지상에서 하늘로 승천하는 것이 용이니 용이 있으면 봉인이 가능할지도 모르지."

당 사부가 우스갯소리라도 하는 듯 허허거리며 말했다.

"용이라구요?"

그러나 설천의 표정은 자못 심각했다.

"뭘 그리 진지하게 고민하느냐? 설마 진짜 용이라도 잡으

러 갈 생각이냐? 싱거운 녀석. 하하하!'

당 사부는 설천이 진지하게 고민하는 것이 우스운 듯 너털웃음을 터뜨렸다.

'용이라······. 한번 시도해 보는 것이 좋겠어.'

설천은 당 사부의 말에 실마리를 얻고는 미소 지었다. 당 사부는 그런 설천의 모습에 싱거운 놈이라며 실소를 지었다.

스르렁!

설천은 연무장에 임시 진법을 설치해 주변의 모든 이목을 차단하고 검을 뽑아 들었다. 태상음양합검은 이제는 완벽한 본모습으로 돌아와 있었다. 설천은 마림원을 졸업하는 날 태상노군 사부에게 돌려 드리기로 마음먹고 있었지만 선뜻 손에 익은 검을 돌려줄 수가 없었다. 게다가 검마가 준 검이다. 검마 의부의 허락 없이 돌려주는 것은 의부에게 미안한 일이었다.

"사아!"

설천이 기를 끌어올리자 검신을 타고 황금빛 뱀의 몸체가 꿈틀거리며 나타났다. 이제는 거의 이무기 정도의 크기를 자랑하는 사아를 견뎌내는 검은 태상음양합검이 유일했다. 다른 검은 사아의 기를 이기지 못하고 터져 나갔기에 검을 돌려줄 수도 없었다.

검에 어린 사아의 몸체는 이제 검 길이를 훌쩍 넘어서 설천의 어깨와 목 주위를 감고 있었다. 그 두께도 어마어마해 이제는 뱀이라기보단 승천하지 못한 이무기에 가까웠다.

"흠, 용이 되어보는 건 어때?"

설천이 눈을 반짝이며 물었다. 호기심이 생기거나 새로운 도전거리가 생기면 설천이 보이는 반응이다. 사아도 주인의 심정을 눈치챘는지 세로로 찢어진 눈동자가 커졌다.

설천은 사아에게 기운을 불어넣어 보기로 했다. 일정량 이상의 기운을 검에 쏟아부으면 사아는 저절로 나타났기에 그 이상의 기운을 주입한 적은 없었다. 이번 기회에 최대한 기를 주입해 볼 생각이었다. 그러나 막상 기운을 주입해 보아도 사아는 큰 변화가 없었다. 몸집이 커지는 정도였다.

"음? 역시 안 되는 걸까?"

그러다 설천은 자신이 단전 외에도 중륜정까지 타통한 것을 떠올렸다.

"아차! 그래, 나는 단전 외에도 사용할 수 있는 기가 있었지?"

설천은 야수안으로 몸 안의 기의 흐름을 살폈다. 단전 주변엔 황금빛이 감돌았다. 지금 사아를 형성하고 있는 기는 단전에서 비롯된 것이다. 설천은 심장 주변에 어린 붉은 빛의 기운을 천천히 황금빛 기와 융화시켜 보았다.

"큭!"

당연히 자신의 몸 안에 있던 기라 쉽게 융화될 것 같았던 기들이 서로 반발하며 밀어냈다.

"끼익!"

사아도 기가 충돌하여 괴로운지 몸부림을 치며 괴로워했다.

'안 되겠어. 내 안의 기운이라고 무조건 융합될 거라고 생각한 게 잘못이었어.'

설천은 기의 융합을 멈추고 잠시 자신을 관조하기 시작했다. 야수안으로 다른 사람들의 기를 살피는 일은 많았지만 스스로를 살피는 일은 거의 없었기 때문이다.

'황금빛 우주 만물의 중심이 되는 황색. 단전은 황색을 띤 금빛이다. 속성은 토(土).'

설천은 단전에 자리 잡은 기의 속성을 알아차릴 수 있었다. 모든 것을 품고 생명을 싹 틔우는 대지의 기운. 설천은 단전이 의미하는 것을 다시금 깨달을 수 있었다. 그리고 팔 쪽에 자리 잡은 푸른빛의 기운이 단전의 기운과 미약하게나마 연결되어 있는 것을 느낄 수 있었다.

'모든 것의 생명이자 근원인 단전. 그 땅을 중심으로 생겨나는 금(金)의 기운.'

설천은 팔 쪽에 자리 잡은 푸른빛을 띤 기의 속성을 깨달았다.

'차고 단단하고 예리한 기운이다. 이건 분명 금(金)의 기운이야. 그런데 단전의 기운과 무슨 관계가 있는 거지?'

설천은 팔에 감도는 기운의 속성을 깨달았다. 그리고 단전의 기운과 희미하게 연결된 기의 흐름이 보였다. 푸른빛과 금빛이 섞인 가는 기의 흐름이 야수안에 잡혔다.

'혹시 오행상생과 관련된 것인가?'

설천은 봉마곡에서 독마군에게 배웠던 오행상생에 대해 기억을 더듬어보았다.

'토생금(土生金).'

땅이 금을 낳는다. 설천은 금방 자신의 잘못을 깨달았다. 금빛의 기와 융화시키려면 심장의 화기가 아닌 팔 쪽에 자리 잡은 금(金)의 기운을 먼저 융합시켜야 했다.

'순서가 틀렸던 것이구나.'

설천은 새로운 사실을 알게 되자 희미한 미소를 띠며 천천히 팔 쪽의 기운을 검신에 흘려 넣었다.

'된다!'

황금빛 검신을 타고 푸른 기운이 일렁였다.

"카악!"

사아도 변화를 눈치챘는지 긴장의 빛이 역력한 눈동자를 사방으로 굴렸다.

'괜찮아.'

설천은 사아에게 집중하며 천천히 기를 유동시켰다. 황금빛 위로 내려앉은 푸른빛은 사아의 몸체에 비늘을 형성했다. 그동안은 마치 금으로 만든 뱀처럼 번쩍이던 사아가 진짜 뱀처럼 푸른빛이 감도는 비늘 막이 형성되었다. 설천은 그 모습에 기분 좋은 미소를 띠었지만, 이마 위로 땀이 또로록 굴러떨어졌다.

생각보다 기의 융합은 체력을 크게 소모했다. 설천은 팔 쪽의 기운과 단전의 기운을 융합시키는 데 온 정신을 집중했다. 얼마의 시간이 지났을까, 설천은 만족한 듯 검을 바라봤다. 그곳엔 정말 한 마리 뱀처럼 윤기가 흐르는 비늘을 지닌 사아가 푸른빛의 기운을 뿜어내며 설천을 바라보고 있었다.

"음? 크기는 별로 달라지지 않았네?"

설천은 아쉽다는 듯 입맛을 다셨다.

쉬이익!

사아는 설천의 말을 알아들은 듯 혀를 내밀어 볼을 핥았다. 설천은 자신의 목에 감긴 사아의 머리를 토닥여 주곤 검을 검집에 갈무리했다. 검집에 검을 꽂아 넣자 사아는 거짓말처럼 사라져 버렸다.

"뭐, 실마리를 잡았으니 계속 연습하면 되겠지."

설천은 태평한 소리를 내뱉으며 진법을 해제했다. 그러나 다음 순간 놀라서 입을 딱 벌릴 수밖에 없었다.

"도대체 무슨 일이야?"

설천은 자신의 진법 앞에 쭈그리고 앉아 땀을 뻘뻘 흘리고 있는 친구들을 바라봤다.

"그건 우리가 묻고 싶은 말이야. 얼른 이 독기 없애줘!"

"독기?"

설천은 낑낑거리고 있는 친구들의 말에 의아한 듯 물었다.

"약왕 사부님이 주신 해독제도 듣지 않는단 말이다. 너 혹시 우리 몰래 맹독 제조라도 하고 있었던 거냐?"

유은수는 독기에 노출되었는지 얼굴이 푸르뎅뎅하게 변해 있었다. 설천은 당장 독기를 거둬들이라고 난리를 치는 친구들의 모습에 잠시 생각에 잠겼다.

'독이라…… 내가 한 것은 땅의 기운과 금의 기운을 융합한 것인데? 땅과 쇠! 아! 그렇구나!'

땅은 쇠를 품고 쇠는 한기와 예기를 가진다. 금(金)의 기운이 적절하면 득이 되지만 밀도가 높아지면 독이 된다. 그것도 맹독성의. 그러고 보니 설천은 기척을 지우고 외부의 침입을 막는 진법 안에서 수련을 했다. 설천이 뿜어낸 금의 기운을 단전에서 얻은 땅의 기운과 융합시키려다 보니 응축시킬 수밖에 없었다. 그러니 맹독이라 여길 수밖에 없었다.

스르렁!

설천은 태상음양합검을 뽑아 들고 외부로 유출시켰던 기운을 검으로 갈무리했다.

스스슥!

숨이 턱턱 막힐 정도로 짙은 독기가 거짓말처럼 한순간에 사라져 버렸다.

"허억! 살았다. 십년감수했네."

"후우~!"

"으헉!"

"으으!"

설천은 친구들이 신음을 토해내며 쓰러지듯 픽픽 주저앉자 무척 당황했다.

"다들 괜찮아?"

설천은 가장 가까이에 있던 유은수를 일으켰다. 입가에서 피를 흘리는 걸 보아하니 내상과 함께 독에 중독된 것이다.

'나 때문에······.'

유은수는 설천의 얼굴이 무섭게 일그러지는 것을 보고 픽 웃음을 흘렸다.

"심각하기는. 너 때문에 중독되긴 했어도 이 정도는 끄떡없거든!"

약왕의 수업을 통해 독에 단련되었으니 설천의 독 정도는 문제없다고 큰소리를 탕탕 쳤다.

'흐휴~ 괴물 같은 자식. 약왕 사부님의 해독단이 아니었으면 정말 죽을 뻔했어.'

처음 설천이 숙소에 늦게까지 오지 않는다고 걱정한 것은 백운이었다. 수련을 할 생각인지 검을 챙겨 들고 나갔다는 말에 곧 돌아오겠지 하며 대수롭지 않게 여겼던 것이 화근이었다.

삼경이 지나도록 설천이 돌아오지 않자 백운과 친구들은

설천을 찾아 나선 것이다. 연무장에 진법이 펼쳐져 있는 것으로 보아 설천이 수련 중이라는 것을 알 수 있었다.

"내가 호법 설게."

백운이 먼저 말을 꺼냈다. 태상노군과의 일전을 설천이 주화입마에 빠진 것으로 알고 있었기에 백운은 혹여 무슨 일이라도 생길까 싶어 그리 말한 것이다.

"같이 할게."

백환이 백운 옆에 섰다.

"그럼 두 시진 후에는 우리가 할게. 교대로 서자."

유은수와 나계환은 백환과 백운에게 맡기고 눈을 붙이러 숙소로 향했다.

'두 시진 정도만 자고 교대하면 곧 설천의 수련도 끝나겠지.'

유은수는 별일 아니라는 듯 편하게 생각했다. 그러나 두 시진 후에 자리를 교대해도 여전히 설천은 수련을 끝낼 기미조차 없었다. 게다가 진법 안에서 요상한 기운이 뭉클뭉클 새어 나오기 시작했다.

"도대체 저게 뭐지?"

서늘함이 감도는 기감이었다.

"이런 거 본 적 있어?"

유은수가 신기한 듯 나계환에게 물었다.

"아니."

나계환도 눈을 가늘게 뜨며 신기한 듯 기운이 흘러나오는 진법의 입구를 바라봤다.

　약왕은 이른 새벽에 눈이 번쩍 떠졌다. 명치가 먹먹한 것이 왠지 기분 나쁜 느낌이 들었다.

　"도대체 왜 이러는 거지?"

　혹 몸에 이상이라도 생긴 건가 싶어 운기조식이라도 하려고 가부좌를 튼 순간이었다.

　"이건!!"

　연무장 쪽에서 느껴지는 거대한 독기에 약왕은 찬물이라도 맞은 듯 정신이 번쩍 들었다.

　"안 되겠어. 당장 가봐야겠어."

　약왕은 허둥지둥 신법을 펼쳐 연무장 쪽으로 향했다.

　"이미 와 계셨군."

　연무장에는 달평과 당 사부가 도착해 있었다. 당 사부는 진법을 살피고 있었고, 달평은 그 옆에서 불안한 얼굴을 하고 있었다. 약왕은 불길한 생각에 인상을 찡그리며, 당 사부와 달평에게 다가갔다.

　"이게 무슨 일인가?"

　약왕의 신경질적인 목소리에 달평과 당 사부도 인상을 찡그렸다. 그들 앞에는 사색이 된 학생들의 모습이 보였다.

　"너희는?"

약왕은 유은수와 나계환을 알아보았다.

"또 무슨 사고를 친 게냐?"

달평은 설천과 함께 늘 대형 사고에 연루되는 학생들 때문에 창백하게 질린 얼굴이었다. 입학시험 때의 악몽이 되살아나는 모양이다.

"저희랑 설천이는 아무 잘못이 없어요."

유은수가 변명하듯 말했다.

"설천이?"

유은수의 말에 약왕이 무슨 소리냐는 얼굴로 물었다.

"진법 안에 설천이가 있는 게냐?"

당 사부가 긴장한 얼굴로 물었다.

"네."

나계환은 유은수가 아차 하는 얼굴로 입술을 깨물자 대신 대답했다. 유은수는 그저 잘못한 게 없다는 식으로 변명하려다가 오히려 설천이를 고자질하는 것 같은 모양새가 된 것 같아 고개를 숙였다.

"도대체 저 안에서 뭘 하는 거지?"

약왕은 안력을 높여 진 안을 바라봤지만 진법의 영향으로 상황을 파악할 수 없었다.

"제가 해보겠습니다."

당 사부는 진법 안에서 뭉게뭉게 퍼져 오르는 독기에 인상을 찡그리다가 앞으로 나섰다.

"그전에 해독단 하나씩 복용하는 게 좋겠군."

약왕은 품에서 해독단을 꺼내 들어 좌중에게 하나씩 나눠 줬다.

"그리고 설천이 녀석이 안에서 뭘 하는지는 몰라도 이 기운을 막는 진을 펼치는 것이 좋겠소."

약왕의 말에 당 사부가 고개를 끄덕였다. 재빨리 주변에 표지석을 묻고 진법을 펼치는 당 사부의 손길이 바빠졌다.

"흠? 검기 생성 훈련인가? 검기 생성 중에 이런 독기라니······."

당 사부가 재빨리 설치한 진법 덕분에 설천이 무엇을 하고 있는지 파악한 약왕은 침음을 삼켰다. 상식적으로 이해할 수 없는 괴이한 일이었다. 설천이 독공을 수련한 것도 아닌데 검기를 생성해서 독을 살포했다니 믿을 수 없었다.

'하긴, 저 녀석은 상식이라는 것을 늘 가뿐하게 뛰어넘었지.'

처음 코흘리개 신입생이 백영초를 말끔히 다듬었던 일부터, 입학시험에서 죽을 고비를 넘긴 것까지 모두 하나같이 기이한 녀석이었다.

"진법으로 독기가 퍼지는 것을 막았습니다. 삼 장 밖으로 벗어나면 더 이상 중독될 염려는 없을 겁니다."

당 사부도 당황한 얼굴로 말했다.

"대충 방비는 했으니 너희는 이제 숙소로 돌아가거라."

달평이 두 학생에게 말했다.

"아뇨. 저흰 여기 있을래요."

유은수가 달평에게 고개를 저으며 말했다.

"여긴 위험하니 숙소로 돌아가 있으래도."

달평이 답답하다는 듯 말했다.

"그래도 여기 있겠어요. 설천이에게 무슨 일이 생기면 돕고 싶어요."

약왕은 나계환과 유은수의 굳은 표정에 쓴웃음을 삼켰다.

"돕고 싶다는 건 대견한 일이지만, 여기 계속 있다가는 설천이 녀석 때문에 중독되어 죽을지도 모른다. 그래도 있을 테냐?"

심술궂은 어조로 물었다.

"아까 해독단도 먹었으니 죽진 않겠죠."

유은수가 싱글거리며 말했다.

"좋다. 그럼 녀석이 사고 치지 않게 잘 지켜봐라."

"약왕 사부님!"

달평이 놀라서 소리쳤다.

"말려도 소용없을 거요. 이 녀석들 다섯 명이 똘똘 뭉쳐서 돌아다니는 건 입학 초기부터였으니 말이오. 옛다. 나머지 두 녀석도 오는 것 같으니 그놈들도 꼭 먹여라. 그리고 설천이 녀석은 뭔가 중요한 수련 중인 것 같으니 잘 지켜주고. 끝나거든 나 좀 보자고 일러라."

약왕은 위협적인 목소리로 말했다.

"아참! 그리고 네놈들도 한밤중에 숙소를 무단으로 벗어났으니 벌은 피할 수 없겠지? 그렇지 않소?"

약왕이 학생들과 달평을 바라보며 사악하게 웃었다.

"헉! 설마? 사부님?"

"설마는 무슨 설마야? 잘됐군. 약초밭을 확장하려고 했는데 저절로 일꾼이 생겼어. 설천이 녀석이 수련을 마치거든 함께 오너라. 이 녀석들 벌은 내가 줘도 되겠소?"

이미 벌까지 정해놓고 약왕이 달평에게 뒤늦게 양해를 구했다. 안 된다고 하기엔 어색한지라 달평이 고개를 끄덕였다.

"아악! 제발 그 벌만은 안 돼요!"

주위에 맹독이 퍼지는 와중에도 담담했던 두 학생의 입에서 경악에 찬 신음이 터져 나왔다.

설천은 자신으로 인해 피해를 입은 친구들을 바라보며 미안한 마음에 머리를 긁적였다.

"정말 미안. 나 때문에……."

"정확하게 말해 네 잘못은 아니지. 이건 그냥 사고였어."

백운이 설천의 말을 정정해 줬다.

"도대체 무슨 무공을 연마했기에 이 난리가 난 거야?"

설천은 자신으로 인해 목숨이 위태로운 지경까지 갔던 친구들에게 진심으로 미안했다. 더불어 그 와중에도 자신을 지켜준 것이 고마웠다.

"그냥 검기를 연마하는 중이야."

"검기? 독공이 아니고?"

설천의 대답에 의외라는 듯 백운이 말했다.

"이놈들! 빨리빨리 못하냐? 언제 다 맬래?"

시끌시끌하게 떠드는 소리를 들었는지 약왕이 밖으로 나와 호통을 쳤다. 설천과 친구들은 지금 약왕의 약초밭 확장이라는 벌을 받는 중이었다.

"흑! 사부님, 좀 봐주세요. 이 넓은 돌밭을 언제 밭으로 만들겠어요?"

유은수가 죽는소리를 하며 약왕에게 엄살을 떨었다.

"그러게 누가 사고 치라더냐? 무단으로 숙소를 벗어나라고 누가 시키든?"

"그건… 다 친구를 위한 진심 어린 마음이었다구요!"

휙!

딱!

"아야!"

약왕은 시끄럽다는 얼굴로 콩알만 한 돌을 유은수에게 던졌다.

"시끄럽고, 빨리 밭이나 매. 그리고 설천이는 나 좀 보자."

약왕의 말에 열심히 움직이던 아이들의 손이 딱 멈췄다.

"괜찮아. 설마 사부님이 나를 죽이기야 하시겠어."

설천은 친구들의 얼굴에 어린 근심의 빛을 읽고 웃으며 너스레를 떨었다.

"마설천! 얼른 이리 오지 못하냐!"

약왕의 호통이 약초밭에 울렸다.

설천을 부른 약왕은 아무 말 없이 두 잔째 차만 들이켜고 있었다. 설천도 지은 죄가 있기에 약왕의 눈치를 흘끔흘끔 살폈다.

"도대체 네놈은 목숨이 몇 개더냐?"

탁!

약왕이 소리 나게 찻잔을 탁자 위에 내려놓으며 싸늘한 어조로 물었다.

"네?"

설천은 생각보다 화가 난 듯한 약왕의 모습에 당황하며 식은땀을 흘렸다.

"왜 그리 무모한 게냐. 내 비록 네게는 부족한 사부지만 네 녀석 하나 도와주지 못할 정도더냐?"

약왕이 침통한 어조로 말했다. 그제야 설천은 약왕이 자신을 걱정했다는 것을 알아차렸다.

"죄송합니다."

"당연히 죄송해야지. 나와 당 사부뿐만 아니라 다른 사부들도 이미 네 녀석이 사고 친 걸 알고 있을 거다."

약왕은 연무장 주위에 감지되던 사부들의 기감을 떠올리

며 말했다.

"네 능력과 자질은 높게 평가한다. 그러나 너는 흑풍 마림 원의 학생이고, 필요할 때는 언제든지 우리에게 도움을 청할 수 있다는 걸 잊지 말아라. 그날 만약 잘못되었다면 너는 물론이고 네 친구들까지 위험에 빠뜨릴 뻔했다."

설천은 그저 쉽게 자신의 무공을 시험해 보려 했던 시도가 주변에 얼마나 피해를 끼쳤는지 새삼 깨달았다. 그리고 친구들과 사부가 자신을 얼마나 아끼는지도 알 수 있었다.

"주의하겠습니다."

설천이 고개를 숙이고 말했다.

"그럼 그건 이제 됐고, 도대체 무슨 무공을 연마하는 게냐?"

마인답게 지난일은 금세 털어버리고 약왕이 궁금한 것을 물었다. 독공을 연마한 것도 아닌데 설천이 뿜어낸 독기에 의문과 함께 호기심이 동한 탓이다.

"조금 복잡한데요. 단전의 기운에 곤륜정으로 얻은 기를 융합하는 중이에요."

설천의 설명에 약왕의 얼굴이 괴상하게 일그러졌다.

"단전 외에 축기가 가능하다? 그런 것이 가능하다는 말이냐?"

약왕이 기가 막힌다는 투로 말했다. 약왕의 말에 설천이 쓰게 웃었다. 최대한 숨기고 싶었지만 주변 사람들이 위험에 휘말리는 상황을 막고자 자신의 무공 특징을 밝힌 것이다.

"그래, 확실히 네 말이 맞는 것 같구나."

설천의 단전 주변에 시침을 하고 기를 흘려 넣어본 약왕이 고개를 끄덕였다.

"곤륜정을 타통했다는 말에 반신반의했건만 사실인데다가 축기도 특이하게 하다니……. 이건 남들이 가지 않은 길을 네가 가는 것이나 마찬가지다. 큰 힘을 얻을 수 있을지 모르지만, 만약 잘못된다면 너뿐만 아니라 주위 사람들도 다칠 수 있다."

약왕이 침통한 목소리로 말했다.

"하지만 그렇다고 포기하고 싶지 않습니다."

설천이 눈을 빛내며 말했다.

"안전하게 무공을 익히는 방법은 많다. 굳이 그런 위험한 방법을 쓰지 않아도……."

약왕이 설천을 말리려 했다.

"무인은 이미 검을 든 순간부터 위험을 각오한 게 아닙니까?"

설천의 눈이 결의로 반짝였다.

"알았다."

약왕은 굳은 열의가 엿보이는 설천의 말에 한숨을 내쉬며 말했다.

"대신 당 사부와 상의해서 수련은 안전한 진법 안에서만

하도록 해라. 아예 당 사부에게 부탁해서 수련하는 동안 호법을 서달라고 하는 것도 좋겠다."

약왕이 생각에 잠겨 턱을 문지르며 말했다.

"알겠습니다."

설천은 순순히 고개를 끄덕였다. 어쩔 수 없는 상황이었기에 자신의 몸에 축기된 특이한 기에 대해 알렸지만, 사아에 대한 것과 새로 얻은 검에 대한 것은 숨기기로 마음먹었다. 더 이상 친구들과 사부님들에게 걱정거리를 안겨주고 싶지 않았기 때문이다.

'사부님과 친구들이 나를 아끼는 것은 잘 알지만, 내 모든 것을 보일 수는 없다. 이것은 내 문제고 스스로 해결해야 한다.'

설천의 그런 생각 때문에 수련은 전귀의 모두 불타 뼈대만 남은 전각에서 이루어졌다. 전귀에게 당분간 검 문제로 전각에서 수련하고 싶다고 말하자 전귀는 두말없이 허락했다.

"혹 필요한 것이 있으면 시종을 부르시면 됩니다."

전귀는 타서 골조만 남은 전각에서의 수련이 불편할 것이라 여겼는지 설천에게 친절하게 덧붙였다. 그러나 설천은 오래 있을 것도 아니고, 마림원의 수업이 끝난 후 짬을 내서 방문할 계획이었기에 딱히 필요한 것은 없었다. 그럼에도 순순히 고개를 끄덕였다.

"자, 그럼 진법을 설치해 볼까?"

약왕에게 된통 혼이 나고 나머지 스승들에게도 불려가 잔소리와 더불어 여러 가지 잡다한 벌을 받은 설천이다. 약왕 사부님은 밭 매기, 흑야왕은 맹수들과 말의 목욕을, 그리고 당 사부는 표지석 천 개 만들기, 황 사부는 곤륜정 수련에 좋다는 약초를 캐오라는 심부름을 내렸다.

평소에도 늘 설천이 하는 심부름들이었지만, 이번엔 사부들이 모두 정색을 하며 벌이라는 명목하에 시행했다. 약왕 사부님처럼 다른 사부들도 꽤나 놀랐기에 설천에게 잔소리를 퍼부은 것이다. 사부 중에서도 특히나 흑야왕은 길길이 날뛰며 설천을 나무랐다.

"근원도 모르는 무공을 연마한다고? 죽고 싶은 거냐!"

흑야왕은 빽 소리를 지르며 설천의 머리에 쿵 하고 꿀밤을 먹였다. 설천은 징징 울리는 머리를 부여잡고 죄송하다고 연방 고개를 숙였다.

"다시는 그 무공을 연마하지 마라."

흑야왕이 말했지만 설천은 대답을 할 수 없었다. 근원을 모르는 무공이긴 했지만 자신과 가장 잘 맞는 무공이다. 남들과 다르다고 해서 포기할 수는 없었다.

"죄송합니다. 조심해서 수련하겠습니다. 그러니까 금하지는 말아주십시오."

설천의 대답에 흑야왕은 한숨을 내쉬며 가타부타 말이 없었다. 아마도 설천이 마음을 바꾸지 않을 것을 알아차린 모양이다.

"후~ 알겠다. 대신 수련할 때 이 녀석을 늘 데리고 다녀라."

흑야왕은 날짐승들의 우리 안에서 작지만 날카로운 발톱과 부리를 지닌 매를 꺼냈다. 평소에도 잘 따르던 녀석이라 얌전히 설천의 어깨에 앉았다.

"이 녀석은 왜 주신 겁니까?"

"그놈은 기의 흐름을 읽을 줄 알고 위급할 시에는 이곳으로 돌아오게 훈련되어 있는 녀석이지. 네놈이 언제 어디서 사고를 칠지 모르니 감시 역이라도 붙여놔야 내가 마음이 놓이지 않겠느냐?"

설천은 자신을 위해 여러모로 마음을 쓰는 사부들의 모습에 눈시울이 시큰해졌다.

"감사합니다."

설천이 고개를 꾸벅 숙였다.

"대신 그 녀석이 먹는 고기는 네가 잡아줘야 할 거다."

흑야왕이 퉁명스레 말했다. 설천은 웃으면서 고개를 끄덕였다.

설천은 흑야왕에게 받은 매에게 천뢰(天雷)라는 이름을 지어주었다. 날카로운 울음을 내며 번개처럼 움직이는 모습이 뇌리에 강하게 남았기 때문이다.

끼이익!

천뢰는 설천이 뇌기와 열기가 일렁이는 타버린 전각으로 다가가자 싫다는 듯 깃털을 부풀리며 날카롭게 울었다.

"넌 여기 있어."

설천은 가장 가까운 나무에 천뢰를 올려주며 말했다. 천뢰는 싫다는 듯 설천의 어깨에 달라붙었다. 하지만 설천은 머리를 쓰다듬어 주며 천뢰를 달랬다.

"어디 멀리 가는 거 아니니까 여기서 기다려."

천뢰는 설천의 단호한 명령에 어쩔 수 없이 꽁지를 내리고 순순히 나뭇가지에 올라가 앉았다. 천뢰를 나무 위에 올려놓은 설천은 품 안에서 표지석을 꺼내 들었다. 우선 자신이 무공을 수련해도 방해되지 않도록 외부의 시선을 차단하는 진법을 설치하고 독과 기, 그리고 충격을 완전히 봉쇄하는 진법을 설치했다.

'죄송해요, 스승님.'

설천이 품에서 꺼낸 표지석은 진법 중에서도 최상위 진법에 사용되는 암석인 혈화석(血火石)으로 만든 것이었다. 당 사부도 아껴 쓰는 표지석이라 설천은 미안한 생각이 들었다.

'다음에 표지석 만들 때 열심히 해드려야겠어.'

당 사부의 자잘한 심부름과 표지석 만드는 일은 설천과 친구들이 도맡아하고 있었기에 좀 더 부지런히 일하기로 마음먹은 설천이다.

'좋아, 이 정도면 충분하겠지.'

독과 기, 그리고 화염과 번개까지 차단시키는 다중 진법을 보고 설천은 고개를 끄덕였다.

"자, 그럼 저번에 못다 한 수련을 계속해 보자구. 사아!"

이제는 두 가지 기운을 띤 사아는 훨씬 더 생동감이 넘쳤다. 전에는 금으로 만들어진 번쩍거리는 환상 속의 뱀처럼 보였다면 지금은 움직이는 모습이나 외양이 더 실제 같았다.

"금생수(金生水)니까. 물의 기운을 찾으면 되는 건가?"

푸른빛을 띠었던 팔에 어린 금의 기운은 금방 찾을 수 있었다. 그러나 물의 기운은 어디에서 찾아야 하는지 난감했다. 설천이 바로 느낄 수 있었던 기운은 심장 쪽의 뜨거운 화기와 단전의 안정된 토(土)의 기운, 그리고 다리에 어린 목(木)의 기운이 전부였다. 설천은 야수안을 극대화시켜 자신의 몸 안을 관조했다.

'물의 기운을 찾는 거다. 물. 자유롭게 흐르고 모든 것을 포용하는 기운.'

설천은 호흡을 고르며 명상에 빠져들었다. 그러나 몸 안 곳곳을 관조해도 물의 기운을 찾을 수 없었다.

'분명 다섯 가지 성질을 가진 기가 전부 내 몸 안에 존재할 거야.'

설천은 자신의 몸에 축기된 기가 그냥 우연하게 성질이 나뉘어 있는 것이 아니라는 것을 어렴풋이 짐작했다. 그러자 문득 봉마곡에서 독마군이 해줬던 말이 떠올랐다.

"인간의 몸은 소우주다. 그 안에서 조화와 질서가 있는 것이다."

독마군은 설천에게 진법을 설명하면서, 우주의 원리에 관해 알려준 적이 있었다. 설천은 그때 독마군이 말해준 것이 단순히 삼라만상과 우주에 관한 것이라 여겼다.

'집중하는 거다. 물의 속성을 떠올리며 찾아보자.'

설천은 다시 신경을 집중했다.

퐁!

그때 설천의 귓가에 물방울 떨어지는 소리가 들려왔다.

'찾았다!'

설천은 그 소리가 들리는 쪽으로 신경을 집중했다. 그러나 곧 인상을 찡그리고 말았다.

'여긴 단전이잖아?'

토(土)의 속성인 단전에서 물의 기운이 느껴지다니 이상한 일이다. 설천은 단전에서 벗어나 다른 곳에 집중했다.

퐁!

'여기다!'

설천은 다시 물소리가 들리는 쪽으로 신경을 집중했다. 그러나 그곳은 목(木)의 속성이 자리 잡은 다리 쪽이었다.

'도대체 뭐지?'

설천은 점점 머릿속이 복잡해졌다.

'야수안에 문제가 있는 걸까?'

설천은 고민에 빠졌다.

"복잡할 것 없다. 모르겠거든 머리 굴리는 걸 멈추는 거다."

귓가에 검마의 목소리가 들리는 것 같았다. 의부들 중 가장 호전적인 성격이었지만 가장 직설적이며 하고픈 말은 바로바로 하는 성격의 의부다. 일견 무식해 보이지만, 가장 쉽게 설명해 주는 사람이 바로 검마였다.

'검마 의부.'

설천은 지금 고민에 빠진 자신의 얼굴을 바라보며 검마가 했을 말이 귓가에 들려오는 것 같았다. 고민으로 찡그려졌던 입가에 희미하게 미소가 떠올랐다. 고민이 있거나 무언가 힘들 때 의부들을 떠올리면 입가가 느슨해지면서 차분해졌다.

'그래, 고민하지 말자. 그냥 느껴보는 거다.'

설천이 희미하게 웃으며 관조의 고삐를 풀었다.

'물의 기운이 느껴지는 곳으로 가자.'

설천은 맑고 깨끗하며 청량한 물을 기운을 느끼려 정신을 집중했다.

졸졸.

설천의 관조에 몸 안을 순환하는 혈(血)의 흐름이 느껴졌다. 그 흐름은 심장을 통해 온몸 구석구석까지 퍼져 있었다.

'아하, 그랬군!'

설천은 그제야 물의 기운이 몸 전체에서 느껴진 이유를 알 수 있었다.

'물은 자유롭고 경계가 없는 것. 어느 곳에나 있는 것을 굳이 구분할 필요는 없겠지.'

설천은 몸 안 전체에 고루 퍼져 있는 물의 기운을 하나로 뭉쳐 천천히 사아에게 주입했다. 사아는 청량한 물의 기운이 자신에게 흘러들자 기분 좋은 듯 몸을 부르르 떨었다. 사아의 몸집은 좀 더 커지고, 눈에는 푸른 정광이 어렸다.

'다음은 목(木)의 기운인가? 분명 수생목(水生木)이니까.'

설천은 다리 쪽에 자리 잡은 녹 빛을 끌어올렸다. 물의 기운으로 생기를 더한 사아는 목의 기운이 더해지자 몸체가 무럭무럭 커졌다. 독마군에게서 배운 오행상생과 오행의 성질에 대한 지식이 이렇게 큰 도움이 될 줄은 몰랐다.

'생장과 증식의 기운이었군.'

설천은 마지막으로 심장의 화(火)기를 끌어올렸다.

'큭!'

다른 기운은 순순히 설천의 의지대로 움직였지만, 심장의 화기는 역시 불의 기운인지라 사납게 날뛰었다. 설천은 의지를 통해 기운을 조절해 보려 했으나 그때마다 더욱 흉포하게 움직였다.

'역시 불이라 조절하기 힘드네.'

설천은 입술을 깨물며 신경을 집중했다. 사아 쪽으로 움직이려니 기세를 불리며 저항했다.

'흠, 화기는 어떻게 조절해야 하지?'

설천은 자신의 의지에 반해 심장에서 움직이길 거부하는 화기를 느끼며 생각에 잠겼다. 화기를 낳는 것은 목의 기운, 그러나 화기가 움직이질 않는다면 아무리 순서대로 기를 주입한다 해도 말짱 헛수고였다. 그때 사아가 눈을 반짝이며 설천에게 기운을 뿜어냈다.

'윽? 이게 뭐지?'

사아는 말 그대로 설천의 검기였다. 살아 있지만 설천의 의지에 반하는 행동은 하지 않는다. 그런데 귓가에 강한 바람의 기운을 뿜어내는 과격한 행동에 설천의 눈가가 일그러졌다.

'지금 뭐하는 거야? 놀아줄 시간 없어.'

사아가 놀아달라고 투정을 부리는 줄 알고 설천이 싸늘한 눈으로 말했다. 전음을 하지 않아도 주인인 설천의 의지를 금방 알아채는 녀석이었는데, 설천의 싸늘한 눈을 피하며 다시 강한 바람의 기운을 뿜어냈다.

'이 녀석이 정말! 검기도 아니고 검풍을 왜 자꾸 뿜어내는 거야!'

설천은 화가 난 얼굴로 사아를 바라봤다. 그러나 사아는 설천이 화를 내도 꿈쩍도 하지 않았다.

'왜 이러는 거야? 평소엔 말 잘 듣는 녀석이?'

설천은 이제는 화가 나기보다는 의아한 생각이 들었다. 토금수목(土金水木)의 기운이 주입된 녀석은 이제 설천보다 배이상 커져 있어 검기라기보다는 커다란 이무기 정도로 보였다.

'뭔가 하고 싶은 말이 있어?'

설천의 물음에 사아의 눈이 빛났다. 천천히 꼬리로 설천의 심장께를 가리키더니 바람을 뿜어냈다.

'심장의 화기에 관한 건가?'

설천은 생각에 잠겼다.

'화기를 바람으로? 그래, 그거였어!'

설천은 사아가 의도하는 것을 알아차렸다.

'똑똑한 녀석.'

설천은 사아를 대견하다는 눈으로 바라봤다. 물론 사아는 본능적으로 바람으로 화기를 움직일 수 있다고 느꼈을 것이다. 화기도 사아와 동화되어야 하는 기의 일부분이니까 말이다.

'바람의 기운을 사용한다……. 검풍을 뿜어낼 때 이용했던 기운을 심장에 흘려 넣으면 될까?'

설천은 천천히 심장에 기운을 흘려 넣었다.

'큭!'

설천은 심장이 찢어지는 것 같은 고통에 피를 토해냈다.

'그냥은 무리였어.'

검을 통해 구현되는 검풍을 무조건 심장에 불어넣었으니 당연히 내상을 입을 수밖에 없었다. 어찌 보면 너무나 무식한 행동이었다.

'이 방법이 안 된다면 어쩐다?'

설천이 망설이는 모습에 사아가 천천히 설천의 눈과 자신의 눈높이를 맞추려 몸을 움직였다.

'뭔가 더 말하고 싶은 게 있어?'

설천이 궁금한 듯 눈빛으로 물었다. 사아는 설천의 입가에 묻은 혈흔을 보고 그런 방법은 안 된다고 말하는 것 같은 얼굴이었다. 검기이자 이무기와 닮은 사아의 얼굴에 표정이 떠오를 리 없었지만 설천이 느끼기에 그랬다.

'좋아, 그럼 방법을 알려줄래?'

설천이 묻자 사아가 망설이는 듯했다.

'도대체 왜 망설이지?'

설천의 물음에 사아가 머뭇거렸다.

'어떤 방법이든 상관없으니까 알려줘.'

설천의 결의가 담긴 눈동자를 보고 사아는 한숨을 내쉬는 듯했다.

'한숨?'

설천은 피식 웃음이 새어 나오는 것 같았다. 그러나 다음 순간 마음을 굳힌 듯 사아가 입을 크게 벌리자 긴장할 수밖에 없었다. 크게 입을 벌린 사아는 덥석 설천의 목덜미를 깨

물었다.

'크윽!'

설천은 마치 차가운 얼음송곳으로 목덜미를 찔린 것처럼 엄청난 고통에 휩싸였다. 그러나 지금 설천은 무인들이 운기조식하는 것과 마찬가지로 관조 상태였다. 소리를 내거나 움직일 수 없었다.

'사아, 도대체 뭘 하는……'

다음 순간 설천은 자신의 몸 안으로 스며드는 사아의 기운을 느낄 수 있었다. 꿈틀꿈틀 혈맥을 통해 움직이는 사아는 그저 한줄기의 기감으로 느껴졌다.

사아는 천천히 심장의 화기를 향해 다가갔다. 바람의 기운을 뿜어내며 사아는 심장 밖으로 화기를 움직였다. 심장 밖으로 나온 화기를 사아가 삼키자 사아의 기운이 어마어마하게 바뀌었음을 알 수 있었다.

'뭘 했는지 어디 볼까? 어서 나와!'

설천의 부름에 응답하듯 사아의 기운이 팔을 타고 검에 맺혔다.

쿠와왕!

검신이 부르르 떨리며 오색찬란한 검기가 설천의 눈을 어지럽혔다. 검 주변에 오색의 빛이 아롱거리는 비늘을 번쩍이며 한 마리의 용이 설천에게 까만 눈을 고정하고 있었다.

'성공이다!'

설천은 입가에 기분 좋은 미소를 흘렸다. 그러나 그 미소가 일그러진 것은 일다경도 지나지 않았다. 관조 상태에서 벗어나 검기를 사용해 보기 위해 설천이 검을 움직였다.

휘이잉!

위협적인 검풍을 일으키며 움직이는 검의 움직임은 유려했다. 그러나 우습게도 검기나 검풍으로서의 위력이 전혀 없었다.

"뭐야! 너, 효과가 전혀 없잖아!"

설천은 파괴력이 전혀 없는 사아의 모습에 혀를 찼다. 풀 하나도 베어지지 않는 검기라니 설천은 어이없어했다. 설천이 화를 내든 말든 사아는 딴청을 부리며 설천의 살벌한 눈을 피했다.

"좀 컸다 이거냐?"

설천이 살벌한 음성으로 말하자, 사아는 아니라는 듯 고개를 저었다.

"그럼 이유가 뭐야?"

설천은 사아에게 따지듯 물었다. 사아는 자신도 모르겠다는 듯 고개를 갸웃거렸다. 작은 뱀의 형상일 때는 나름 귀여워 보이던 녀석이 어마어마한 덩치로 갸웃거리자 일견 무시무시해 보였다.

"휴우~ 지금은 적응 중이라 이건가?"

사아도 갓 설천의 기운을 모두 융화시켰으니 스스로를 파악하는 데 시간이 좀 걸릴 것이다. 설천도 마찬가지였다.

"하지만 널 이런 모습으로 만든 이유는 바로 저 검이었으니 시험해 봐야겠지."

설천은 싱긋 웃으며 파지직 번개를 흘리고 있는 전각을 바라봤다.

"제대로 베지는 못해도 번개는 막을 수 있겠지? 명색이 용이잖냐?"

설천이 살벌한 얼굴로 을러댔다. 그러자 용의 모습을 한 사아는 왠지 자신없는 얼굴이었다.

"너 설마 무늬만 용은 아니겠지?"

설천이 심각한 얼굴로 고민에 빠졌다.

"뭐 일단 부딪쳐 보면 알겠지."

설천은 번개가 내리꽂히는 곳으로 검을 내밀었다. 더불어 얼떨떨한 표정을 짓고 있는 사아가 천천히 살벌한 번개 속으로 몸을 움직였다.

"가라!"

설천의 말에 사아가 본능적으로 움직였다.

번쩍!

파지직!

무시무시한 섬광과 함께 날아오는 번개를 사아가 냉큼 입으로 낚아챘다. 파란 불꽃을 튀기며 살벌하게 날뛰던 불꽃이 꿀꺽 사아의 입속으로 사라졌다.

파드득!

"그거 맛있냐?"

사아가 번개를 삼키자 태상음양합검의 검신에 불티처럼 번개의 파편이 파스스 날렸다. 설천의 물음에 사아는 모르겠다는 얼굴이었다.

"뭐 이 정도면 번개를 막는 데 효과가 있다는 건 알았으니 계속해 볼까?"

설천이 빙긋 웃으며 화격봉쇄진 안으로 걸음을 옮겼다.

화악!

우르릉! 쾅쾅!

진법 안은 마치 끓어오르는 용광로처럼 열기와 귓가를 울리는 낙뢰의 소음으로 가득했다.

"검 하나의 기운이라고 보기엔 정말 어마어마하군."

설천은 전날 봤던 것보다 더욱 후끈한 열기가 가득한 진법 안의 모습에 고개를 절레절레 흔들었다.

"저 녀석을 막을 수 있겠어?"

설천이 사아에게 물었다. 사아는 설천의 물음에 대답도 없이 검에 정신이 팔려 있었다. 마치 사흘 굶은 사람이 진수성찬을 앞에 놓은 듯 사아의 눈은 번쩍번쩍 빛나고 있었다.

"제발 저 기운을 다 먹어치우지만 말아라. 알겠냐?"

설천의 당부를 듣긴 했는지 사아는 천천히 번개를 뿜어내는 검으로 다가갔다.

파지직! 파직!

살벌하게 내리꽂히는 번개를 마치 맛있는 당과라도 받아먹는 양 날름날름 먹으며 사아가 검에 다가갔다.

콱!

사아가 검신을 물어뜯자 벼락의 기세가 더욱 사나워졌다. 그러나 그 기운까지 모조리 흡수한 사아는 기분 좋은 듯 꼬리를 살랑거리며 설천에게 돌아왔다.

덥석!

설천은 무시무시한 뇌전의 기운이 사라진 검을 잡았다. 벼락이 사라지자 주변의 불길도 사그라졌다.

지잉!

검이 길게 검명을 토해냈다. 검신은 푸른빛이 감돌았고, 특이하게도 번개의 모양이 아로새겨져 있었다.

"사아 녀석, 전부 먹어치운 건가?"

설천은 검에서 번개의 기운을 전혀 느낄 수 없어서 인상을 찡그렸다. 그때 검신을 타고 사아가 나타났다. 좀 전까지의 어마어마한 크기가 아닌 검신을 덮을 정도의 작은 크기였다. 설천의 불만을 눈치챈 것인지 사아는 검에 뇌기를 불어넣는 것 같았다. 설천은 사아가 불어넣어 준 기운이 어느 정도의 위력을 가진 걸까 싶어 검을 가볍게 휘둘렀다.

휘잉!

콰!

번개처럼 번쩍하는 순간 검기가 튀어나가 큰 구덩이를 만들었다.

"위력은 상당한데……."

설천은 만족스러웠다. 그러나 다음 순간 사색이 되어 전각 앞에 생긴 구멍을 바라볼 전귀의 얼굴이 떠올랐다.

"사아, 너는 정도껏이란 것도 모르냐?"

설천은 괜히 사아를 책망하며 중얼거렸다.

"뭐, 이 정도는 전각의 불을 꺼줬으니 용서해 주려나?"

설천이 어쩔 수 없다는 듯 중얼거렸다. 설천이 날린 검풍으로 활활 타오르던 진법 안의 불꽃은 모두 사라졌으나, 그나마 뼈대라도 남아 있던 전각이 폭삭 주저앉은 것은 생각지도 못한 설천이다.

설천은 화격봉쇄진과 자신이 설치한 진법을 해제하고 밖으로 나섰다. 그곳에는 왠지 흥분한 표정의 전귀가 자신을 반겼다.

'전각을 부쉈다고 물어내라고 하는 건 아니겠지?'

설천은 불안한 얼굴로 전귀를 바라봤다.

"성공하신 겁니까?"

"네. 뭐, 대충 된 것 같네요."

설천이 말을 얼버무렸다. 사아를 통해 뇌기를 흡수해 버렸으니 검의 주인이 된 것은 맞았다. 그러나 완벽하게 검에게 주인으로 인정받은 것은 아니었으니 절반의 성공으로 봐야

할 것이다.

전귀는 그 무시무시한 검의 기세를 이겨낸 설천의 무위에 놀란 것 같았다. 사실 설천에게 제의했으면서도 반신반의했던 전귀다.

'역시 보통내기는 아니야. 그나저나 저 검의 주인이 되었으니 분명 엄청난 무인이 될 것이다. 그렇다면 백만 냥 정도 투자한 것은 절대 손해가 아니다.'

전귀는 이미 계산을 끝낸 후였다. 자신도 손쓸 수 없을 정도의 검의 주인이라면 천마신교를 쥐락펴락하는 인물로 성장할 것이다. 그 첫걸음이 이번 쟁투전에서 마설천의 이름을 강호에 알리는 것으로 시작할 것이다.

"그 검 이름은 뭐로 하실 건가요?"

전귀의 물음에 설천은 생각에 잠겼다.

'검 이름이라…….'

얌전히 검집에 들어가 있는 검은 언제 뇌전을 뿜어냈냐는 듯 고요했다. 그러나 사아가 흡수한 기운은 곧 검 자체적으로 회복될 것이다. 그만큼 검에 내재된 뇌(雷)의 기운이 강했다. 그 기운을 다스리기 위해서 사아는 꼭 필요했다.

'뇌전과 용이 공존하는 검이라… 그럼 이름은…….'

"뇌룡(雷龍)."

설천은 검집에서 천천히 검을 빼 들었다.

"앞으로 이 검 이름은 뇌룡입니다."

설천은 검에게 알려주듯 말했다.

우웅 하고 검은 자신의 이름이 마음에 든다는 듯 길게 검명을 토해냈다. 홀린 듯 검을 바라보는 설천을 전귀가 바라보다 짓궂은 미소를 띠었다.

"소공자, 검은 공짜로 드리는 것이지만 무너진 전각의 수리비는 주셔야 할 것 같습니다."

전귀의 말에 설천의 얼굴이 하얗게 탈색되었다.

第四章
새로운 검 뇌룡

마도
공자

뇌룡을 얻은 설천은 태상음양합검을 놓고 고민에 빠졌다.

　'돌려 드리는 것이 옳겠지? 하지만 검마 의부가 주신 건데…….'

　설천은 그 누구보다 의부들을 아꼈다. 그리고 의부들이 자신을 아낀다는 것을 잘 알고 있었다. 때문에 검마가 다소 옳지 못한 방법으로(?) 얻은 검이지만 선물로 준 것을 자신의 임의대로 돌려준다는 것이 못내 마음에 걸렸다.

　"검마 의부라면 내 결정을 존중해 주실 거야. 쟁투전에 가기 전에 꼭 들러서 죄송하다고 말씀드려야겠다."

　설천은 그렇게 하기로 마음먹고 태상음양합검을 들고 태

상노군을 찾아갔다. 이제는 상급 검술을 가르치고 있는 태상노군 밑에서 설천은 열심히 수업을 들었다.

"그래, 할 말이 있다고?"

수업이 끝난 후 남은 설천에게 태상노군이 궁금한 얼굴로 물었다.

"네, 드릴 것이 있습니다."

덜그럭.

설천이 태상노군 앞에 음양합검을 내려놓았다. 돌려 드리기 위해 꼼꼼히 손질을 한 음양합검의 모습에 태상노군이 움찔했다.

"이건 무슨 뜻이냐?"

"그동안 감사했습니다. 이제 제 검을 찾았으니 돌려 드리겠습니다."

설천의 말에 태상노군의 인상이 찡그려졌다.

"네 검을 찾았다?"

태상노군이 의아한 듯 물었다. 마림원의 수업과 사부들의 잔업 처리 때문에 바쁜 것을 빤히 알고 있는 태상노군이었기에 더더욱 의문이 컸다.

'도대체 검을 얻을 시간이 있었어야지. 하늘에서 검이 떨어지기라도 했단 말인가? 혹 미안한 마음에 돌려주려는 건가?'

태상노군은 온갖 상념이 들었다.

"그럼 네 검을 한번 보여주겠느냐?"

태상노군이 씨익 웃음을 지어 보였다. 그 장난스러운 미소에 설천이 몸을 움찔했다.

'윽! 저 말은 곧 덤벼보라는 말씀인데……'

수업 시간이 끝날 때까지 자신을 한계까지 몰아붙이며 검술을 정진시켜 주는 태상노군식의 수련 방법에 인내심이 강한 설천도 가끔은 질릴 때가 있었다. 그러나 그만큼 효과는 탁월했다. 지난 삼 년 동안 설천의 검술 실력은 일취월장했다. 원래 봉마곡에서 세 의부에게 배운 기본이 뒷받침되었기에 가능한 일이었지만 말이다.

챙!

설천과 연무장으로 향한 태상노군은 검을 뽑아 들고 자신의 빈틈을 노리는 설천을 바라봤다.

'음? 확실히 기도가 달라졌군. 뭔가 깨달음이라도 얻은 건가?'

며칠 사이에 날카로운 기세를 갈무리해 아무 기운도 느낄 수 없는 설천의 기도에 태상노군은 눈을 가늘게 떴다.

"저, 사실 드릴 말씀이 있는데요."

설천이 조심스레 말했다.

"무슨 일이지?"

태상노군은 혹 큰일이라도 난 게 아닌가 싶어 걱정스레 물었다. 봉마곡의 세 마인과 마림원 사부들의 전폭적인 지지를 받는 녀석이다. 게다가 자신도 소중하게 생각하고 있었다.

'은아 녀석 배필로 부족함이 없는 녀석이지.'

태상노군은 속으로 은근히 설천을 탐내고 있었다.

"저, 사실은 새로 시험해 본 것이 있는데, 성공하긴 했는데 그 후론 검기로 뭘 베어도 베어지지가 않아요."

"뭐?!"

설천의 말에 태상노군이 입을 떡 벌렸다.

"검기로 베어도 베어지지 않는다?"

태상노군은 거짓말 같은 설천의 말에 인상을 찡그렸다. 검기는 기를 날카롭게 벼려 만든 기의 응집체다. 기로 만든 검기에 아무것도 베어지지 않는다니 뭔가 이상했다.

"그래? 그럼 어디 한번 볼까?"

태상노군의 말에 설천이 다시 머뭇거렸다.

"그것이⋯⋯."

"왜? 또 문제가 있느냐?"

태상노군이 궁금한 얼굴로 물었다. 그러자 설천이 다시 한숨을 푹 내쉬었다.

"검기 모양에 문제가 생겼어요."

"모양?"

태상노군은 잠시 의아한 듯 물었다가 퍼뜩 머릿속을 스치고 지나가는 것이 있었다.

"설마 그 뱀 모양의 검기 말이냐?"

"어? 알고 계셨어요?"

태상노군의 질문에 설천이 놀란 얼굴로 물었다. 원래 사아는 설천이 부르지 않는 이상 나타나는 일이 없었는데, 기 통합 후에는 검기를 형성하려 하면 바로 나타나 꽤나 곤란했다.

'검기가 용 모양이라니 너무 눈에 띄잖아. 게다가 너무 크고!'

설천은 머리가 지끈거렸다. 당당하게 나타난 사아는 집채만 한 크기에 휘황찬란한 광채를 뿜어냈다. 잘만 하면 밤에 등불 대용으로 사용해도 될 정도였다.

설천이 사아를 나무라며 크기를 줄여보라며 종용해도 사아는 마치 '왜? 이게 어때서?' 라는 반응이었다. 설천은 사아의 크기를 줄여보려 노력했으나 어쩐 일인지 크기가 줄지 않았다.

"흠… 역시……."

지금까지의 상황을 전해 들은 태상노군은 설천의 손에 들린 검을 신기하다는 눈으로 바라봤다.

"아무리 봐도 그 검기가 뇌기를 흡수해 성질 변화가 일어난 것 같구나."

태상노군의 말에 설천이 어리둥절한 표정을 지었다.

"그 검을 자세히 볼 수 있겠느냐?"

태상노군이 조심스레 물었다. 무인에게 검은 목숨과도 같은 것이다. 때문에 스승이라도 함부로 검을 보여달라고 하는 것은 예의에 어긋난다. 그러나 설천은 망설임없이 뇌룡을 내밀었다.

파지직!

"큭!"

태상노군이 검을 건네받기 위해 손을 내밀자, 뇌룡이 약한 전격을 뿜어내며 태상노군의 손을 거부했다.

"응?"

"하?"

설천과 태상노군 모두 놀라 뇌룡을 멍하니 바라봤다.

"역시 보통 검은 아니구나."

태상노군은 손끝이 저릿할 정도로 뇌기를 뿜어내는 검을 바라보며 감탄한 듯 말했다.

"내 손을 거부하는 것을 보니 확실히 너를 주인으로 인정한 모양이구나."

태상노군이 고개를 주억거리며 말했다. 그 말에 설천의 인상이 일그러졌다.

'주인으로 인정했다고?'

제발 몸집 좀 줄이라고 사정해도 귓등으로도 듣지 않던 사아와 풀 한 포기 벨 수 없었던 검의 상태를 떠올렸기 때문이다.

"정말 그럴까요?"

설천이 애매모호한 표정으로 물었다.

"하지만 내 손을 거부한 검을 너는 멀쩡하게 쥐고 있지 않느냐?"

태상노군이 당연한 걸 왜 부정하냐는 투로 물었다.

"아까 말씀드렸듯 문제가 있어서요."

그제야 태상노군은 설천이 이야기한 것을 떠올렸다.

"검기로 벨 수 없다고 했었지?"

"검기뿐만 아니라 검 자체도 아무것도 벨 수 없었어요."

설천이 시범이라도 보이듯 연무장 끝자락에 서 있는 나무를 향해 검을 휘둘렀다.

텅!

나무둥치에 검이 부딪치며 몽둥이로 두들긴 듯한 소리가 울렸다.

"흠, 문제긴 문제로구나."

나무둥치엔 검날이 지나갔으나 아무 흔적도 없었다. 설천과 태상노군은 뇌룡으로 여러 가지 실험을 해봤다. 허공에 휘둘러 보기도 하고, 나뭇가지나 타격대, 혹은 바위까지 다양 종류를 베어보았다.

텅!

텅!

그러나 하나같이 검흔이 새겨지기는커녕 몽둥이로 두드리는 듯한 소리만 들려왔다.

"검이라기보다는 몽둥이로 쓰는 게 낫겠어요."

설천이 투덜거리며 말했다.

"허허, 몽둥이라니……."

태상노군이 쓰게 웃었다. 설천은 몽둥이로 쓰는 게 낫겠다며 투덜댔으나, 날카로운 예기와 검신에 어린 기세를 보아 대단한 명검이었다. 물론 아무것도 베어지지 않는다는 큰 단점이 있었지만 말이다.

"그러고 보니 아직 해보지 않은 게 있었구나."

태상노군이 잠시 생각에 잠겼다가 싱긋 웃음을 지었다.

'응? 왠지 불길한데?'

설천은 태상노군이 군자의 풍모를 지니고 있으나, 막상 훈련에 들어가면 봉마곡의 세 의부 못지않게 괴팍해지는 것을 떠올리며 몸을 사렸다.

"직접 공격은 막아보지 않았지? 자, 받아라!"

태상노군이 환하게 웃으며 설천에게 검기를 날렸다.

'윽! 역시 이럴 줄 알았어!'

설천은 비명을 삼키며 뇌룡을 들어 올렸다.

'내가 죽으면 넌 이제 주인 없는 검이 되는 거야! 알아서 해!'

설천이 속으로 욕을 퍼부으며 태상노군의 검기를 막았다.

크아앙!

캉!

뇌룡의 검신에서 사아가 크게 울부짖으며 나타났다. 놀랍게도 태상노군의 검기를 사아가 꿀꺽 삼켜 버린 것이다. 게다가 청명한 쇳소리에 설천은 검기를 삼킨 뇌룡을 어이없다는 눈으로 바라봤다.

"아니! 대체 그 용은 뭐냐?"

태상노군은 대경해서 물었다.

'아차!'

설천은 혀를 찼다. 웬만하면 사아의 변신한(?) 모습은 알리고 싶지 않았기에 검기를 직접 일으키는 것은 피하고 있었는데 부지불식간에 튀어나온 것이다.

"제 검기입니다."

"검기? 마치 살아 있는 용과 같은데?"

태상노군은 놀란 얼굴로 형태를 유지하고 있는 사아를 바라봤다. 사아는 이제 위험이 없는 것 같자 스르륵 설천에게 엉겨 붙으며 꼬리를 흔들었다. 용이 꼬리를 흔드는 진풍경에 태상노군은 다시 한 번 놀라 눈을 커다랗게 떴다.

"놀랍구나. 형태 유지에 인지 능력까지 있는 건가?"

태상노군은 사아를 바라보다가 그제야 퍼뜩 전에 설천의 검에서 보았던 형상을 떠올렸다.

'그때의 검기인가? 그럼 뱀에서 용으로 변화한 것인가?'

당시도 어마어마한 기운을 담고 있었지만 지금과는 비교가 되지 않을 정도였다.

"왜 검으로 벨 수 없었는지 알겠구나."

태상노군은 설천에게 아양을 떨 듯 살랑거리는 사아를 보며 고개를 주억거렸다.

"왜죠?"

"아무리 봐도 검과 저 녀석이 동화된 것 같구나. 그렇다는 것은 평소에도 검에 저 녀석의 판단 능력이 적용된다는 것이니 네게 해가 될 공격이나 정말 필요한 것이 아니라면 벨 수 없도록 한 것 같구나."

태상노군의 설명에 설천의 인상이 찡그려졌다.

"진짜 네가 그런 거야?"

설천이 어이없다는 표정으로 사아에게 물었다. 그러자 그 큰 덩치로 애교를 피우던 녀석이 딴청을 부리며 먼 곳을 바라봤다.

"도대체 왜 그런 거야?"

아무리 봐도 자신이 그랬다는 티를 팍팍 풍기는 사아의 모습에 설천이 엄하게 물었다. 설천은 모르는 듯했지만 태상노군은 대충 상황을 짐작할 수 있었다.

'저 용은 분명 설천이의 의지와 기를 바탕으로 만들어진 녀석이다. 그러니 설천이 녀석의 무의식이 포함되어 있겠지.'

태상노군은 진정한 검의 극의에 오르는 길은 검과 합일, 하나가 되는 경지라는 것을 오래전 스승으로부터 들어왔다. 그

합일에 이르는 길은 여러 가지였다. 스스로가 검이 되거나 자신의 일부가 검이 되거나. 설천은 아무래도 후자 같았다.

'무(武)의 극의(極意)엔 여러 종류의 방법이 있겠지. 하지만 설천이 녀석의 방법은 정말 특이하군.'

태상노군은 맹수를 좋아하고 함부로 검을 쓰지 않는 설천의 모습이 검기의 성질에 영향을 미친 것이 아닌가 싶었다.

"검과 하나가 되는 것이 무의 극의라 할 수 있다. 내가 보기엔 저 녀석은 네 성정을 비춰주는 거울과 같다. 그러니 무언가를 벨 수 없다는 것은 남에게 상처 입히고 싶지 않아하는 네 마음을 나타낸 것 같구나."

태상노군의 말을 설천이 조용히 경청했다.

"그럼 계속 이런 상태로 지내야 하나요?"

설천이 불만스럽다는 듯 말했다.

"네가 원한다면 저 녀석도 네 뜻을 따라줄 것 같구나."

태상노군의 대답에 설천이 와락 인상을 찡그렸다.

"하지만 제 말은 듣질 않아요."

설천이 화가 난다는 듯 투덜거렸다.

"하하하, 맹수도 길들이는 녀석이 용이라고 못 길들이겠냐?"

태상노군의 말에 설천의 눈이 반짝였다.

"쟁투전에 참가하기 전까지 뇌룡을 길들이는 거다. 분명 녀석은 네게 큰 힘이 될 거다."

태상노군의 말에 설천이 결심을 굳힌 얼굴로 사아를 바라봤다.

설천은 우선 뇌룡을 길들이기 전에 어느 정도의 공격에 뇌룡이 반응하는지 알아보기로 했다.

'그러려면 여기가 제격이겠지.'

설천의 눈앞에 무투수련장(武鬪修練場)이란 현판이 보였다. 무투수련장은 홀로 수련을 하는 연무장과는 달리 기관진식과 온갖 장치들이 수련자를 공격하는 곳이었다. 원래는 작은 진법 하나였던 곳이 설천과 당 사부가 장치들과 진법을 추가하는 바람에 어마어마하게 커져 버린 상태였다.

때문에 아무도 마지막 기관진식까지 돌파한 학생이 없었다. 설천은 뇌룡을 뽑아 들고 수련장 안으로 들어갔다.

"헉! 헉! 헉!"

암기가 비처럼 쏟아져 내리는 암우혈폭(暗雨血暴) 진법을 끝으로 설천이 흘러내리는 땀을 닦으며 거친 호흡을 토해냈다. 처음엔 그저 몇 명의 적을 환영으로 보여주는 환영진법에서 바늘 하나 들어갈 틈도 없는 암기의 비를 쏟아붓는 암우혈폭 진법까지 숨 돌릴 시간도 없이 움직였다.

다행스럽게도 사아는 설천을 공격하는 모든 종류의 공격에 반응했다. 아마도 설천과의 정신감응이라도 하는 것인지 용케도 공격할 때와 방어할 때 모두 검으로의 기능이 가능했다.

"흠, 이젠 내 뜻대로 검을 사용할 수 있겠어. 문제는 사아의 크기인데……."

어느 정도 자유자재로 검을 사용할 수 있게 되었지만 여전히 사아의 크기는 문제였다. 너무 크고 번쩍거려 눈에 확 띄었다. 만약 사아가 계속 그런 형태로 유지된다면 기습이나 암습은 불가능할 것 같았다.

"사아!"

설천의 말에 사아가 번쩍이는 몸을 이끌고 나타났다.

"흠, 너도 뱀에서 용이 되었으니 이젠 뇌룡이라 부르는 게 더 좋지 않니?"

설천은 사아를 설득하기 위해 운을 뗐다. 설천의 말에 혹했는지 사아의 몸이 움찔하곤 꼬리를 흔들었다.

'어휴~ 내 주위엔 왜 다 강아지 같은 녀석들만 있는 겐지.'

타마도 그렇고 사아도 그렇고 종을 뛰어넘어 모두들 설천 앞에서 열심히 꼬리를 흔들었다. 물론 그것이 설천에 한정되어 있다는 것은 절대 깨닫지 못했지만 말이다.

"원래 용은 덩치나 겉모양보다는 작지만 튼튼한 게 제일이야. 커봤자 괜히 적에게 표적만 되니 위험하다고."

설천의 말을 사아, 이제는 뇌룡이 된 사아가 열심히 경청하는 것 같았다.

"자고로 합리적인 용은 자신의 몸을 작게 만들 줄도 알아야 진짜 용이라 할 수 있는 거야."

설천의 얼토당토않은 말에 뇌룡은 고심하는 것 같았다. 그러나 곧 고개를 끄덕이곤 검신에 딱 맞는 크기로 변했다. 색도 눈이 부실 정도로 번쩍거리는 빛깔이 아닌 푸른빛을 띠는 흑룡으로 변했다.

'됐다!!'

설천은 뇌룡을 설득할 수 있어 다행이라 생각했지만, 무의식이 작용한 결과이기도 했다.

"그나저나 쟁투전에서도 잘할 수 있으려나 모르겠네."

설천은 또다시 고민에 빠져들었다.

*　　　*　　　*

"설천이는?"

암기를 깨끗하게 닦던 백운이 백환에게 물었다.

"무투수련장."

"언제 갔는데?"

백운이 궁금하다는 듯 물었다.

"두 시진쯤 됐나?"

백환의 대답에 백운이 소스라치게 놀랐다.

"설마 거기 기관진식 전부를 통과하고 있는 건 아니겠지?"

백운이 질린 얼굴로 물었다.

"그럴지도 모르지."

백환의 담담한 대답에 백운이 소스라치게 놀란다.

"그게 가능해?"

백운의 믿을 수 없다는 어조에 백환이 어깨를 으쓱했다.

"그 녀석이 특별한 건 이미 알고 있잖아? 게다가 거기 대부분은 설천이가 만든 거니까 눈 감고도 통과할 수 있을걸."

백환의 대답에 백운은 부정할 수 없었다.

"게다가 요즘 설천이의 기도가 달라졌어."

백환이 눈을 빛내며 말했다. 누구보다 호승심이 강한 백환은 상대의 기도를 귀신같이 읽어냈다. 커다란 덩치에 맞지 않게 그는 상대의 무공 수위에 꽤 민감했다.

"허억! 정말 그럼 거기서 더 실력이 늘었단 말이야?"

백운이 믿을 수 없다는 듯 소리쳤다.

"그럼 우리도 분발해야겠어."

그러나 다음 순간 백운은 표정을 고치곤 암기를 들어 올렸다. 백환은 그런 백운의 모습에 피식 웃었다.

"은수랑 계환이도 그 이야길 하더라."

"뭐? 그럼 이미 다 알고 있었다고?"

백운이 충격받은 얼굴로 물었다. 학문과 셈은 빠른 백운이었지만 이런 쪽의 눈치는 영 없었다.

"넌 다른 쪽으로 바빴으니 몰랐을 만도 하지."

쟁투전을 앞두고 자리를 비울 것을 염려한 백운은 전귀에게 넘길 물품과 서류들을 미리 정리하느라 눈코 뜰 새 없이 바빴던 것이다.

"나만 뒤떨어지는 것 같아서 왠지 억울한데……. 이번 기회에 나도 수련에 박차를 가해볼까?"

백운이 중얼거리듯 말했다.

"뒤떨어진다고? 네가?"

백운의 말에 백환이 어이없다는 듯 픽 웃었다. 미공자로 보이는 백운이었지만 입학시험 당시 겪었던 무력감을 백운은 끔찍하게 증오했다. 아무것도 할 수 없었던 나약함. 마인은 본능적으로 그런 감각을 혐오했다. 백운은 상처가 낫자 바로 수련에 들어갔다. 아마도 흑풍 마림원에서 설천과 천우룡 다음가는 실력자는 백운일 것이다. 그런데도 백운은 부족하다고 생각했다.

"당연하지. 네 외공을 따라잡으려면 아직 멀었는걸."

백운이 웃으며 말했다. 백운은 암기를 주로 사용했지만 백환에게 외공 또한 전수받고 있었다. 설천이 다양한 방면으로 흥미를 보이고, 그것을 무공에 접목시키는 걸 보고 백운 또한 여러 무공에서 자신이 앞으로 걸어가야 할 길에 대해 늘 고심했다. 설천과 백운, 백환은 사이좋은 친구이자 경쟁자이고 스승이자 동업자였다.

"그나저나 설천이는 어느 정도까지 강해진 걸까?"

"글쎄, 그 녀석은 추측이 불가능한 녀석이니까 쟁투전에서 직접 확인하는 게 빠를걸."

쟁투전 참가를 놓고 흑풍 마림원은 한껏 달아올라 있었다. 마인이라면 걸어오는 싸움은 피하지 않는 법. 게다가 상대가 정파와 사파, 그리고 세외다. 천마신교라면 하나로 뭉쳐 털을 세우는 녀석들의 콧대를 납작하게 해줄 수 있는 기회가 온 거다. 더불어 정파의 무림맹에서 온 초대이니 못 받아줄 것이 없었다. 적진에서 적의 콧대를 눌러주는 것만큼 통쾌한 일은 없을 것이다.

"그런데 이번 대회가 친선경기라는 말이 있던데?"

백운이 의심스럽다는 듯 물었다.

"친선? 하! 천마신교와 친선을 다지는 정파라……. 그런 게 가능할 것 같아?"

백환이 어이없다는 듯 물었다.

"불가능하지. 갑자기 날아든 쟁투첩이라 수상한 냄새가 나는걸."

백운이 당연하다는 듯 고소를 머금고 말했다.

"이번 일에 무언가 노림수가 있다는 거야?"

백환이 궁금하다는 듯 물었다. 백운은 셈과 서류 처리뿐만 아니라 시류를 읽는 눈까지 갖추고 있었다.

"분명 뭔가 있어. 일단 정파의 동향과 신교 안의 움직임을 주시해 봐야겠어."

백운이 생각에 잠긴 얼굴로 말했다.

"그 말은 위험할 수도 있다는 뜻이겠지?"

백환이 가라앉은 목소리로 물었다.

"일단은 그렇겠지. 지금은 교주파와 장로파가 서로 날을 세우고 있으니까 말이야. 난 아직도 마림원 시험에서 있었던 일을 잊을 수가 없어. 공식적인 발표는 사고였지만, 그건 절대 사고가 아니야."

백운이 어두워진 목소리로 말했다.

"운아."

백환이 안타까운 목소리로 백운을 불렀다.

"분명 그날 일도 어떤 정치적 알력이나 세력 다툼에 휘말린 거지."

백운은 상처가 회복된 후 여기저기서 정보를 끌어 모았다. 위험한 일이라고 백환이 말렸지만 백운의 의지는 확고했다.

"다시는 내가 다치는 것도, 그리고 내 주변 사람들이 다치는 것도 보고 싶지 않아. 강해질 거야."

백운은 자신의 말처럼 끝까지 정보를 파헤쳤다. 결국 그 일의 중심에 장로파의 입김이 작용했다는 것을 알아냈다.

"강해지는 계획에 설천이도 포함되는 거야?"

백환이 백운에게 조심스레 물었다. 그러자 백운의 굳었던 얼굴이 살짝 풀렸다.

"장로파와 교주파 둘 다를 견제할 수 있는 중도 세력을 모으는 데 설천이가 힘이 된 건 사실이지만, 난 정말 그 녀석이 마음에 들어."

백운이 웃으며 말했다.

"네 목숨을 구해줬기 때문에?"

백환이 궁금하다는 듯 물었다.

"아니. 그 녀석은 사심이 없어. 보고 있으면 기분이 좋아지거든."

백운의 말에 백환이 픽 웃었다.

"그 말이 맞긴 하지."

수련동에서 자신을 구해준 것을 시작으로, 괴팍하다고 소문난 약왕과 흑야왕을 구슬려 제자가 되었다. 덤으로 당 사부와 황 사부, 그리고 태상노군까지 의기투합하게 만든 녀석이다. 남들은 하고 싶어도 못할 일을 설천은 의도하지 않았음에도 자연스레 이뤄낸 것이다.

"솔직히 설천이는 자신이 중립 세력을 만들었다는 것도 모를걸. 그 녀석, 정세는 도통 관심이 없잖아?"

백환이 우습다는 듯 말했다.

"그래. 그래서 더 걱정이야."

백운이 우울한 목소리로 말했다.

"왜?"

"마림원에서도 의도하지 않았지만 이 정도의 세를 만든 설천이야. 천마신교에서 한자리를 차지하게 된다면 지금과는 비교도 못할 영향력을 가지게 되겠지. 그렇다면 과연 교주나 장로파에서 설천이를 가만히 둘까? 지금이야 고작 마림원이니 손을 쓰고 있지 않지만 말이야."

백운의 말에 백환의 안색이 어두워졌다.

"여러모로 위험해지겠어."

백환이 중얼거리듯 말했다.

"그러니까 나는 꼭 강해져야 해. 설천이는 정치 싸움은 꽝이니까 내가 옆에서 조언해 줘야 하니까 말이야."

백운이 싱긋 웃으며 말했다.

*   *   *

설천은 이제 정상적인 검기가 맺힌 것처럼 보이는 뇌룡의 검신을 치켜들었다.

'빨리 검에 익숙해져야 쟁투전에 나갈 수 있을 텐데 걱정이네.'

사아야 어린 시절부터 다뤄왔으니 별 걱정이 없었지만, 뇌룡으로 변한 녀석은 제멋대로에 어떤 성질을 가지고 있는지 파악조차 할 수 없었다.

설천과 무의식적인 교감을 하고 있다고 하지만, 어찌 되었든 뇌룡은 설천에게는 아직 생소한 존재였던 것이다.

"그럼 네 최대의 힘을 어디 한번 볼까?"

무투수련장에서는 뇌룡의 검기를 사용하는 것에 주력했기 때문에 뇌룡의 힘이 어느 정도까지인지 알 수 없었다. 설천은 아직 미완성 단계에 있는 삼마검법을 시전했다.

　무투수련장에서 여러 검법과 뇌룡과의 상성을 따져 보니 가장 잘 맞는 검법이었다. 뇌룡의 기운을 응집시켜 하나의 거대한 힘을 발현시켜 주었다. 아직 검법이 완성 단계가 아니라 극성으로 끌어올릴 수는 없었지만 다른 검법과는 비교도 할 수 없을 정도로 뛰어났다.

　바람을 가르며 펼쳐지는 검풍과 검신을 따라 흐르는 뇌전의 기운이 주변을 감쌌다.

　파지직!

　설천이 알고 있는 최고의 결계 진법을 펼쳐 놓았음에도 공기가 불안정하게 흔들렸다.

　화르르륵!

　뇌기가 떨어진 곳에는 마치 수순인 양 불꽃이 피어올랐다. 피어오른 불꽃도 뇌전을 닮아 푸른빛이 일렁였다. 뇌기와 검풍, 그리고 불꽃이 한데 뒤섞여 설천의 검의 궤적을 따랐다. 설천은 계속 검에 기를 불어넣었다.

　쿠르릉!

　뇌전과 불꽃으로 설천의 주변엔 상승 기류가 형성되었다. 바람이 미친 듯이 불어 설천의 옷과 머리카락을 흔들었다. 그러나 설천은 멈추지 않고 계속 검을 움직였다. 바람과 뇌전,

불꽃이 한데 뒤섞이며 거대한 기운을 형성했다.

'이거 위험한데?'

설천은 위태로워 보이는 진법의 모습에 천천히 검을 거뒀다. 낙뢰와 그로 인해 생기는 불꽃과 상승 기류는 설천의 계산에 없었던 것이다.

"너 진짜 승천이라도 할 생각이냐?"

설천은 어이없다는 얼굴로 뇌룡을 바라봤다. 검신에 꼬리를 말고 있던 녀석은 설천의 물음에 모른다는 듯 시침을 뗐다.

"이렇게 되면 강하고 큰 기술은 쓸 수 있어도 작고 섬세한 기술은 쓸 수 없다는 건데……."

설천의 입에서 한숨이 새어 나왔다. 파지직 하는 낙뢰가 내리꽂히는 공격은 눈에도 띄고 살상력이 너무 강해서 주변의 경계를 불러일으킬 것이다. 이런 능력을 보인다면 단번에 경계 대상 일호가 되어버릴 것은 자명했다. 최대한 뇌룡의 기운을 쓰지 않는 공격법을 찾아야 했다.

"눈에 잘 안 띄는 공격법은 없어?"

설천이 궁금하다는 듯 뇌룡에게 물었다. 그러나 뇌룡은 설천의 말에 고개를 휙 돌려 버렸다. 마치 그딴 시시한 건 왜라고 책망하는 태도여서 설천은 뇌룡의 도움을 포기하고 스스로 알아보기로 했다.

설천은 검법과 실험을 통해 뇌룡의 여러 가지 다양한 사용법을 알아냈다. 베면서 미세한 검기를 흘려 넣는 방법은 눈에 크게 띄지 않으면서 효과적이었다. 신기하게도 흘려 넣은 검기가 물체의 응집력을 떨어뜨리는 건지 더욱 쉽게 잘려 나갔다.

'하긴 전에도 사아 덕분에 베는 건 더 쉬웠으니까.'

설천은 과거의 기억을 떠올렸다. 그 외에도 사아의 변형된 모습인 뇌룡은 검뿐만 아니라 설천의 몸에 두를 수도 있었다. 일종의 검막과 같은 형식이라 설천은 이해했지만 그것보다 훨씬 편리했다. 크기를 마음대로 조정할 수 있으며, 판단 능력이 있으니 암습에서도 설천을 지켜줄 수 있을 정도였다.

'하지만 아직 부족해.'

설천은 뇌룡을 움직이는 데 정밀성과 정확성이 떨어진다고 생각했다.

"앞으로 수련은 좀 더 정밀성과 정확성에 집중해야겠어."

설천은 가볍게 말하며 고개를 끄덕였다. 그리고 그 수련은 실습 효과가 있는 쟁투전에서 계속하면 된다고 막연하게 생각했다.

第五章

쟁투전 참가자들

마도
공자

"쟁투전이라고?"

은아의 눈동자가 반짝거렸다. 같이 수업을 듣는 학생에게 쟁투전 소식을 전해 들은 은아의 귀가 쫑긋해졌다.

"응, 무림맹에서 참가하라는 서찰이 왔다고 하더라고."

처음 흑풍 마림원의 수석이었던 설천에게 목을 매던 은아는 설천이 사부들에게 혹사당하는 모습에 잠시 주춤해졌다. 그러나 곧 특유의 사고방식으로 극복해 냈다.

"사내라면 뭐든 잘하는 것도 멋진 일이겠지?"

약초밭 매기에서부터 마구간 돌보는 일까지 전천후 하인으로 일하는 설천의 모습을 보고 나름대로 합리화가 이뤄졌다.

"뭐, 아니다 싶으면 다른 공자를 찾아보면 되는 거야. 여긴 천마신교에서도 최고로 손꼽히는 마림원이니까."

은아는 그리 마음먹고 있었다. 그런데 이번에 정파에서 서찰이 온 것이다.

"쟁투전이면 정파의 후기지수도 참석하잖아! 그래, 이번 기회에 명문정파에서 찾아보는 것도 좋겠어!"

은아는 혼자 기뻐하며 흐뭇하게 웃었다. 그러나 가장 큰 문제는 열 명 정도의 인원만 참가할 수 있다는 것이었다.

"그런데 참가할 수 있을지 모르겠다. 열 명 정도밖에 참가할 수 없다고 하거든."

"뭐야! 열 명밖에 참가할 수 없다고?!"

은아는 비명을 질렀다. 잔망스러울 정도로 계산적인 은아지만 흑풍 마림원에 입학하기 위해 열심히 무공 실력을 쌓았고, 입학 후에도 열심히 무공을 갈고닦았다.

그러나 이곳은 흑풍 마림원. 천마신교 최고의 교육기관이다. 뛰어난 인재들 속에 있다 보니 은아의 노력이 모자라지 않았건만 다른 학생들과 비교해서는 많이 떨어지는 편이다. 그러니 그 열 명 안에 들 수 없는 것은 당연했다.

"어쩐다?"

은아는 심각하게 고민했다.

"큭, 절대 포기할 순 없어!"

은아는 아무리 고심을 해도 마땅한 방법이 떠오르지 않자 손톱을 물어뜯으며 괴로워했다.

"저, 은아야, 무슨 일 있어?"

가뜩이나 화가 머리 꼭대기까지 솟은 은아는 얼빵한 목소리에 잔뜩 얼굴을 찡그렸다.

'또 너냐?'

진드기처럼 자신에게 붙어 흑풍 마림원에 입학한 철웅이 은아의 모습에 사색이 된 얼굴로 물었다. 철웅은 은아를 늘 곁에서 지켜보고 있는지 무슨 일만 생기면 쪼르르 달려와 걱정스러운 듯 묻곤 했다. 이쯤 되니 은아도 이제는 짜증을 넘어서 철웅이 대단하다는 생각까지 들었다.

'도대체 어디서 튀어나온 거야?'

좀 전까지는 기척도 알 수 없었던 철웅이다. 그러나 은아가 기분 나빠하면 어디서 구했는지 꽃이나 예쁜 장신구 등을 수줍게 내밀며 얼굴을 붉히곤 했다.

'징그럽다고 해야 하나?'

시꺼먼 사내 녀석이 어울리지도 않는 앙증맞은 장신구나 화려한 꽃을 들고 발그레 얼굴을 붉히는 모습에 은아는 어이가 없었다.

'도대체 뭣 때문에 나한테 이렇게 잘해주는 건지 알 수가 없네.'

은아는 철웅이 자신에게 집착하는 건 태중 혼약이 되어 있다는 이유가 아닐까 싶었다.

"상관 마."

은아의 차가운 대답에 철웅의 얼굴이 어두워졌다.

"나, 나는 걱정이 되어서……."

철웅은 성정이 밝고 무공 수련에도 열심인 나무랄 데 없는 청년으로 자라고 있었다. 그러나 자신의 정혼자가 차갑게 구는 것에 꽤나 상처받고 은아 앞에서는 한없이 작아지는 불쌍한 청년으로 변모하고 있었다.

"말이 나왔으니 말인데, 도대체 왜 나한테 이러는 거야?"

은아는 따지듯 철웅에게 물었다.

"왜? 왜냐니? 무슨 소리야?"

철웅이 조심스레 은아의 눈치를 살피며 물었다.

"왜 내 눈치를 살피고 나한테 잘해주냐고?"

은아가 차갑게 물었다.

"그거야 당연히……."

철웅이 다시 발갛게 얼굴이 달아올라 더듬거렸다.

"당연히 뭐? 혹 내가 정혼자라서 이러는 거야?"

은아가 매정하게 말했다.

"아니야. 난, 나는……."

찌이익!

은아는 철웅을 한심하다는 듯 바라보다가 치맛단을 뜯어서 철웅에게 던졌다.

"그런 형식에 연연한다면 파혼해 주면 되지?"

여인이 옷자락을 뜯어 남자에게 주는 것은 약혼이나 혼약을 파하겠다는 뜻이다. 은아의 예상치 못한 행동에 철웅이 파랗게 질렸다.

"아니야! 난 네가 좋아! 혼약자라서 좋아하는 게 아니라, 네가 혼약자라서 좋은 거야!"

철웅이 다급하게 외쳤지만 은아는 콧방귀를 뀌었다. 은아 앞에서 소심한 철웅이라고 생각할 수 없을 정도로 열정적인 고백이었지만 정작 고백을 받는 당사자인 은아의 얼굴은 더욱 차가워졌다.

"말도 안 되는 소리 마. 난 너처럼 얼굴이나 붉히면서 더듬거리는 사람이랑 혼인할 생각 없어."

은아의 충격적인 대꾸에 철웅의 파랗던 얼굴이 이제는 하얗게 변했다.

"그러니까 이제 나를 따라다니는 일은 그만해."

불쑥불쑥 나타나 신경 쓰이게 하는 철웅에게 지겨워진 은아는 충격적인 말을 연달아 내뱉었다. 그러나 은아 앞에서 하얗게 질린 얼굴로 아무 말도 못하던 철웅이 얼굴색을 바꾸고 주먹을 꾹 쥐며 은아를 바라봤다.

"아니, 그럴 수 없어! 절대로!"

은아는 철웅의 갑작스러운 반항에 어리벙벙해져 입을 떡 벌렸다.

'이 바보가 갑자기 왜 이래?'

은아에게 바보 취급을 받았지만, 철웅은 천마신교에서 내로라하는 명문가의 귀공자였다. 자신의 사랑이 깨질 위기 상황이 생기자 본래의 모습을 되찾은 것이다.

"네 혼약자는 나야. 그리고 앞으로 네 곁에 있을 사람도 나고."

눈에 광채까지 띠고 또박또박 말하는 철웅의 모습에 은아는 기겁을 했다.

'뭐야? 바보가 아니라 미친 것 같잖아?'

불쌍하게도 연심이 광기로 취급받은 철웅이었다. 덕분에 은아는 더더욱 이번 쟁투전에 참가해야 할 필요성을 느꼈다.

은아에게 선언하듯 말하고 철웅은 바닥에 떨어진 옷 조각을 집어 들었다. 매정한 은아의 날카로운 대꾸에 상처 입은 자신의 마음처럼 너덜너덜한 옷자락을 품 안에 갈무리했다.

"네가 날 봐줄 때까지 기다릴게. 결국 너도 인정하게 될 거야. 네 짝은 나야."

철웅은 여태까지 은아 앞에서 제대로 말을 못했다는 것이 믿어지지 않게 당당하게 말했다. 은아는 철웅의 돌변한 모습에 뺨이라도 맞은 듯 눈을 동그랗게 뜨고 입을 딱 벌렸다.

"뭐, 뭐라고? 절대 그럴 일은 없을 거야. 그러니까 이번 쟁투전엔 무슨 일이 있어도 참가해야 해. 저런 미친 녀석이 아니라 좀 더 멋진 배필을 찾으려면 발을 넓혀야 해."

다시 전의를 다지며 은아는 멀어지는 철웅의 뒷모습을 보고 부르르 몸을 떨었다. 늘 우습게만 여겼던 철웅의 눈동자에 마인 특유의 고집이 묻어 있음을 알아차렸기 때문이다.

* * *

"마설천, 비무를 청한다."

쟁투전 참가자 명단이 발표된 후로 설천은 매일 비무를 치렀다. 마인답게 호전적인 성격이 강한 학생들은 지치지도 않는 것 같았다. 그럼에도 설천은 지겹지도 않은지 비무에 성실하게 응해줬다.

"일다경에 닷 냥 걸겠어."

"난 십이 합에 열 냥."

설천에게 비무를 청한 학생을 보며 나계환과 유은수는 내기를 했다.

"넌 얼마에 걸래?"

나계환이 딱딱하게 군은 얼굴로 설천의 비무를 지켜보는 백운의 어깨를 쿡 찔렀다.

"지금 속 편하게 내기나 하고 있을 때야?"

백운이 도끼눈을 뜨고 나계환을 노려봤다.

"왜 신경질이야? 저 자식은 설천이 발뒤꿈치에도 못 오는 녀석인데 무슨 걱정이야?"

나계환이 속 편하게 말했다.

"그래서 더 걱정이라고."

백운이 한숨을 푹 내쉬며 말했다.

"그게 무슨 소리야?"

유은수가 모르겠다는 얼굴로 물었다.

"흑풍 마림원에서 가장 실력이 뛰어난 설천이한테 겁도 없이 덤비는 게 네가 보기엔 정상으로 보이냐?"

"엉? 그게 왜?"

백운의 옆에 있던 백환까지 모르겠다는 얼굴로 물었다.

"이겨서 쟁투전에 나가고 싶다면 왜 우리 중 하나가 아니라 굳이 설천이를 지목했냐는 말이다."

백운이 답답하다는 듯 말했다.

"응? 그러고 보니 이상하네?"

차라리 설천보다 무위가 떨어지는 자신들에게 비무를 청하는 것이 좀 더 이길 가능성이 높았다. 그러나 여태까지 비무를 청해온 학생들은 백이면 백 모두 설천에게 비무 신청을 했다.

"누군가가 조종하고 있는 게 아니라면 이런 일이 생길 리가 없겠지."

백운의 눈은 설천의 움직임을 바라보고 있는 천우룡을 노려봤다. 요즘 교주의 후계 문제로 시끄러웠던 집안싸움이 잠잠해졌다는 소식이 들려왔다. 백운은 입학 초기 있었던 도난 사건과 천우룡의 집요한 시선 등이 떠올랐다.

"집안 정리가 끝났으니 다시 탐색전인가?"

백운이 한숨을 내쉬듯이 중얼거렸다.

"집안 정리? 무슨 뜻이야?"

나계환과 유은수의 집안은 천마신교의 핵심 요직에 몸담고 있는 사람이 없었기에 의아한 듯 물었다.

'하긴, 교주 집안에서 후계 다툼을 하고 있다는 것이 공공연하게 알려지면 좋을 게 없지. 가뜩이나 장로파와 대립각을 세우고 있는 처지에 말이야.'

백운은 잠시 생각에 잠겼다. 그런 백운의 속내를 백환은 알고 있었기에 잠자코 입을 다물었다.

"운이 너 뭔가 또 숨기는 거냐? 환이 너는 운이가 뭘 숨기는지 알지?"

유은수가 섭섭하다는 듯 묻고는 바로 환이를 바라보며 물었다.

"별일 아니니 신경 쓸 거 없다."

백환은 운이가 숨길 생각이라면 절대 입을 열 생각이 없었다.

"치사한 놈들! 그래, 니들 사촌이라 이거지?"

유은수가 툴툴거리며 말했다.

"야, 계환아! 너도 이 치사한 녀석한테 뭐라고 좀 해봐."

"뭐, 알려주기 싫다는데 굳이 알아야 할 이유가 있을까?"

나계환이 귀찮다는 듯 손사래를 쳤다.

"뭐야?"

유은수가 자신을 배신한 나계환을 어이없다는 얼굴로 바라봤다.

"천마신교의 권력 다툼에 대한 소식을 굳이 알 필요는 없다는 거지. 그러다가 일찍 죽는 수가 있거든."

나계환이 몸을 부르르 떨며 말했다.

'계환이 녀석, 생각보다 많이 알고 있군.'

백운이 놀랐다는 얼굴로 계환을 바라봤다.

"뭘 그리 놀래? 원래 교주 집안이 불안불안하다는 건 천마신교 안에서 모르는 사람이 없잖아?"

"그렇긴 하지."

백운이 고개를 끄덕였다.

"난다 긴다 하는 실력자들이 잔뜩 있는 교주 집안에서 후계자 자릴 지켜낸 녀석에게 노려지는 기분은 어떨까?"

나계환이 별것 아니라는 듯 가볍게 말했다. 그러나 그 여파는 컸다.

"그게 지금 무슨 소리야?"

유은수는 경악한 표정으로 물었고, 백운과 백환은 아차 싶은 얼굴이 되었다.

"알고 있었어?"

백운이 묻자 나계환이 비무 중인 설천에게서 시선을 돌려 백운을 바라봤다.

"뭐, 최근에야 알았어. 설천이한테 비무가 집중되는 게 이상했거든. 좀 캐보니까 장우기 녀석이 사주했다고 하더라고."

나계환이 별것 아니라는 듯 말했다.

"그 자식이!"

유은수가 화가 난 얼굴로 씩씩거렸다.

"장우기보다 더 큰 문제는 천우룡이겠지. 아마도 설천이에게 뭔가가 있다는 걸 알아챘겠지?"

나계환이 걱정스럽다는 얼굴로 물었다.

"그래도 달라지는 건 없어. 마설천은 내 친구고 앞으로도 그럴 거니까."

백운이 굳은 얼굴로 말했다.

"너희는 어찌할 생각이지?"

백운의 말이 끝나기가 무섭게 백환이 나계환과 유은수를 바라보며 물었다.

"엑? 그럼 천우룡한테 찍히는 거 아니야?"

유은수가 기겁한 얼굴로 물었다.

"이미 그렇게 된 것 같은데?"

천우룡이 뚫어질 듯 설천을 살피다가 백운 일행을 차가운 얼굴로 슥 바라봤다. 그 차가운 시선에 유은수가 떨리는 목소리로 말했다.

"윽, 할 수 없지. 천우룡한테 찍힌다고 해도 설천이 녀석과 소원해지는 건 싫다고. 네 말대로 설천이는 우리 친구니까 말이야. 설마 천우룡이 우릴 죽이기야 하겠어?"

유은수가 에라, 모르겠다는 어조로 말했다.

"맞는 말이지만, 제일 중요한 걸 빼놓았잖아?"

나계환이 빙긋 웃으며 말했다.

"뭘?"

유은수가 모르겠다는 얼굴로 물었다.

"설천이 녀석이 없으면 심심하잖아?"

나계환의 말에 세 학생은 희미하게 미소를 지었다.

챙!

네 학생이 떠드는 사이 설천의 비무는 끝이 났다. 상대 학생은 손에서 피를 흘리며 검을 바닥에 떨어뜨렸다.

"설천이 자식, 일찍 끝낼 수 있었는데 여태까지 시간을 끌었군. 역시 재미있는 녀석이라니까."

백운이 설천을 바라보며 말했다. 다른 세 친구의 대답은 없었지만, 백운과 같은 생각이라는 것은 두말할 필요도 없었다.

第六章
새로운 결단

마도
공자

설천이 소년에서 청년으로 성장하는 동안 봉마곡의 세 마두는 마치 세월이 비껴간 양 그대로였다. 무의 극에 달한 그들에게 세월의 흔적이 남는 일이 없었기 때문이다. 그러나 변함없는 얼굴로 모여 앉은 세 마두의 얼굴은 심각했다. 바로 소야차가 가져온 소식 때문이었다.

"정파 놈들이 뭔가 또 꿍꿍이가 있는 모양이오."

쟁투전이 열린다는 소식을 들은 검마가 의심스럽다는 듯 말했다.

"이번엔 어쩐 일로 자네와 내 생각이 일치하는군."

늘 의견이 맞지 않아 으르렁거리던 마의까지 검마의 말에 동의했다.

"설천이 녀석, 별일없어야 할 텐데……."

검마가 걱정스럽다는 듯 중얼거렸다.

"워낙 똑 부러지는 녀석이니 별일없을 거네."

독마군이 걱정 말라는 듯 말했다.

"첫 강호행이로군. 녀석, 많이 설레겠는걸."

마의가 흐뭇하다는 얼굴로 말했다.

"첫 강호행이라……."

독마군이 마의의 말을 따라 중얼거렸다.

"설천이에게 뜻깊은 일이 그 망할 정파 놈들의 꿍꿍이에
휘말릴지도 모른다는 게 마음에 안 들어."

검마가 불퉁거리며 말했다.

"무슨 속셈일까? 혹 짐작 가는 것이라도 있나?"

마의가 독마군에게 물었다.

"세 가지 정도 있소."

독마군이 잠시 고민하고 입을 열었다.

"세 가지? 그렇게나 많아?"

검마가 골치 아프다는 듯 물었다.

"첫째는 아마도 우리 천마신교 후기지수들의 실력을 사전
에 살펴보자는 것이겠지."

독마군이 검마의 말을 무시하며 말했다. 검마는 머리 아픈
것은 딱 질색이니 정파의 노림수가 많으면 많을수록 기분 나

빠할 것이다.

"음, 후기지수들의 실력을 알아본다? 제깟 것들이 왜 우리 천마신교 후기지수들의 실력을 알아본다는 거야?"

검마가 콧김을 뿜으며 분개했다.

"왜긴, 그걸 몰라 묻나? 뻔한 것 아닌가. 후기지수들의 능력을 살펴 다음 대 천마신교의 저력을 사전에 파악해 두자는 노림수가 아닌가."

"흥! 망할 정파 놈들. 미리 파악해서 뭘 어쩌자는 거야? 설마 정마대전이라도 다시 일으키겠다는 수작이야?"

검마가 어이없다는 듯 말했다.

"아마도 두 번째 이유는 그것일지도 모르겠네."

독마군이 침음을 삼키며 말하자, 마의와 검마가 놀란 얼굴로 독마군을 바라봤다.

"다시 정마대전을 일으키고자 한단 말인가? 도대체 왜?"

마의가 놀란 얼굴로 물었다.

"이번 쟁투전이 화해의 의미라면 내 짐작이 틀리겠지만, 정마대전이 종결되고 난 후 아무 교류도 없던 차에 갑자기 쟁투전을 개최하겠다는 것은 분명 그러한 의도가 포함되어 있다고 봐도 무방하겠지."

독마군의 침통한 목소리에 마의와 검마의 얼굴도 심각해져 갔다.

"정파에서 갑자기 이러는 이유가 뭔 거 같소? 정파 녀석들이야 늘 정의가 어쩌고 하는 놈들인데 명분도 없이 문제를 일으킬 리가 없지 않소?"

검마가 궁금하다는 듯 물었다.

"허어, 자네가 의외로 생각할 줄도 아는군."

독마군이 감탄했다는 듯 말했다.

"뭐야? 영감, 지금 나 무시하는 거요?"

검마가 흉흉한 얼굴로 물었다.

"아니, 왜 그리 발끈하나? 농담 한마디에 펄펄 뛰는 걸 보니 평소 머리엔 자신이 없었는가 보군."

심각한 분위기였지만 역시나 검마와 마의는 계속 으르렁거렸다.

"하! 두 노인네가 지금 나랑 해보자 이거요?"

검마가 열을 내며 말했다.

"이보게, 농담에 그리 펄펄 뛸 게 뭔가. 문제는 자네가 지적한 바로 그 명분일세."

"그건 또 무슨 소리요? 좀 알아듣게 쉽게 이야기하면 큰일 나는 거요?"

부글부글 끓고 있던 검마가 짜증난다는 듯 귀를 후비적거리며 물었다.

"자네 말대로 명분을 중시하는 정파네. 그런데 쟁투전을 열었다는 것은 전력 파악과 더불어 꼬투리를 잡으려 하는 걸 수도 있네."

"그렇다는 건 쟁투전에 참가하는 설천이가 위험할 수도 있다는 소리 아닌가?"

마의가 다급하게 독마군에게 물었다. 독마군이 말없이 고개를 끄덕였다.

"망할 정파 자식들!"

검마가 욕을 토해내며 당장에라도 뛰쳐나갈 듯 자리를 박차고 일어났다.

"뭐하는 건가? 어딜 가려고?"

마의가 놀란 얼굴로 물었다.

"영감, 내놓으시오!"

벌떡 일어난 검마가 독마군에게 손을 내밀었다.

"뭘 말인가?"

독마군이 어리벙벙한 얼굴로 물었다.

"그 빌어먹게 약한, 여기서 벗어나는 팔찌 말이오!"

검마가 답답하다는 듯 손을 흔들며 말했다.

"또 나가서 뭘 하려고 그러는 건가?"

독마군의 말투가 심상치 않았다.

"당장 나가야지. 설천이가 사지가 될지도 모르는 곳으로 걸어간다는데 내가 손 놓고 구경만 할 순 없잖소!"

"뛰쳐나가기 전에 마지막 세 번째 짐작도 들어보는 게 어떻겠나?"

독마군이 검마에게 타이르듯 말했다.

"뭐요? 빨리 말하고, 그 약해빠진 팔찌나 내놓으시오."

최대 반나절 정도밖에 버티지 못하는 팔찌를 검마는 약해 빠졌다며 툴툴거렸다. 그만큼 이 답답한 봉마곡에서 벗어나고픈 마음이 절실한 검마였다.

"세 번째는 가능성이 아주 낮긴 하지만, 정파에서 우리와 화해를 하고자 쟁투전을 제의했을 수도 있다는 가설이네."

독마군의 말이 떨어지자 어서 내놓으라며 채근하던 검마의 표정이 일그러졌다.

"지금 그걸 가설이라고 하고 있는 거요?"

검마가 어이없다는 얼굴로 말했다.

"정파가 우리와 화해? 왜, 그놈들 말을 빌자면 우리는 사악한 마인들인데 그 고고한 정파에서 먼저 숙이고 들어온다?"

마의도 미심쩍은 얼굴로 물었다.

"그렇다네. 이 가설은 아마 실질적으로 가장 가능성이 없는 것이기도 하지. 하지만 말일세. 혹 정파에서 우리에게 화해의 손을 내밀 정도로 내부적인 큰 문제가 있다면?"

독마군이 의미심장한 표정으로 말했다.

"내부적인 문제가 있다고 그 고루한 정파 놈들이 우리와 화해를 한다고? 허허, 천지가 개벽을 하지 않는 한 불가능한 일 아니오?"

검마가 헛웃음을 치며 고개를 흔들었다.

"이를테면 그렇다는 거네."

독마군이 검마에게 변명하듯 말했다.

"그래서, 도대체 뭐요? 설천이가 쟁투전에 참가하면 위험하다는 거요, 아니라는 거요?"

검마가 답답하다는 듯 화를 버럭 내며 물었다.

"인연이 닿아 서로를 진정으로 알게 된다면 위험도 극복할 수 있을 거네."

독마군의 심오한 말에 검마의 인상이 와락 구겨졌다.

"그게 무슨 개풀 뜯어 먹는 소리요? 위험한지 아닌지 정확하게 알 순 없는 거요?"

검마가 답답하다는 듯 물었다.

"나도 무슨 소린지 영 모르겠네."

무슨 소린지 모르겠다며 펄펄 날뛰는 검마 옆에서 마의도 거들고 나섰다.

"모든 다툼은 서로를 알지 못하고 배척하는 것에서 시작되는 법이지. 그런데 그것을 조율할 수 있는 사람이 있다면 다툼이 생길 리 없지 않은가?"

독마군이 차분한 목소리로 검마에게 말했다.

"그래서! 설천이가 쟁투전에서 위험할 수 있다는 거요?"

검마가 다시 독마군을 채근하며 물었다.

"자네는 설천이를 얼마나 믿나?"

"엉? 그건 또 무슨 소리요? 믿냐니? 그 녀석이야 내 피붙이 같은 녀석이니 내 목숨이라도 내줄 수 있지만……."

검마는 독마군이 무슨 생각으로 묻는지 몰라 눈을 껌뻑였다.

"그럼 그 아이가 세상으로 나가 스스로의 힘으로 운명을 개척할 수 있다고 믿어주게."

독마군의 말에 검마는 인상이 구겨졌다.

"믿고 그냥 놔두라는 말을 그렇게 길게 할 필요가 있소?"

검마가 짜증난다는 얼굴로 툴툴거렸다.

"하하하! 자네 이젠 제법 내 말을 잘 알아듣는군."

독마군이 재미있다는 투로 말했다.

"젠장! 내가 영감을 하루 이틀 봤소? 척하면 척이지. 그리고 설천이 녀석을 믿긴 하지만 아직도 어린 녀석 아니오? 그러니 우리가 도와줘야 하는 거 아니오?"

검마가 독마군과 마의의 눈치를 슬쩍 살피며 물었다.

"강호에 나갈 정도면 어린 건 아니지."

독마군이 단호하게 말했다.

"그래도 걱정되는 건 어쩔 수 없군."

마의도 설천이 걱정되는지 독마군의 눈치를 슬슬 살폈다. 독마군은 마의와 검마가 설천의 걱정으로 안절부절못하는 것을 보고 미소를 지었다.

"사실 나도 걱정이긴 하네. 하지만 저번처럼 자네 혼자 뛰쳐나가면 곤란하네."

독마군이 검마를 바라보며 말했다.

"무, 무슨 소리요? 내가 언제 혼자 뛰쳐나갔다고!"

검마는 삼 년 전 신마문과 설천이 얽히자 자중하라는 말에도 참지 못하고 두 마두 몰래 봉마곡을 벗어난 전적이 있었다.

'몰랐던 게 아니었어?'

검마는 식은땀을 흘리며 두 마두의 안색을 살폈다.

"사실 자네 성정에 참지 못하고 뛰쳐나갈 거라 생각하고 있었지."

마의가 검마를 약 올리듯 말했다.

"언제 내가 뛰쳐나갔다고 생사람을 잡는 거요!"

검마는 끝까지 오리발을 내밀 생각인지 딱 잡아뗐다.

"뭐, 자네가 그렇게 나올 줄 알았지, 괴도 루방 양반."

마의가 재미있다는 듯 히죽 웃으며 말했다.

"그, 그걸 어떻게? 아니, 그게 아니라……."

검마가 화들짝 놀라 버럭 소리쳤다. 그러다가 아차 싶어 성급히 변명을 늘어놓았다.

"자네는 나간 적 없는데 뭘 그리 쩔쩔매나?"

마의가 검마의 쩔쩔매는 모습에 낄낄거리며 말했다.

"그게……."

검마는 감쪽같이 두 마인 몰래 다녀왔다고 생각했는데, 음흉한 두 마인은 이미 알고 있었던 것이다.

"에이, 망할! 그래, 걱정돼서 나갔다 왔소! 들키지도 않았는데 무슨 상관이요!"

방귀 뀐 놈이 성낸다더니 결국 검마는 자신의 입으로 나갔다 왔다는 것을 당당하게 실토했다.

"이미 알고 있었네. 내가 만든 기물인데 그걸 지니고 있으면서 내 이목을 피할 수 있다고 생각한 자네의 잘못이지."

독마군이 웃으며 말했다.

"그런데 그건 어떻게 알게 된 거요?"

검마가 쑥스러운 듯 머리를 긁적이며 물었다.

"뭘 말인가? 아하, 그 정의의 괴도 루방 말인가?"

마의가 꼬투리를 잡았다고 반색하며 물었다.

"제기! 그래, 그거 말이요."

"자네가 봉마곡을 벗어난 시각을 얼추 계산해서 소야차에게 그때쯤 생긴 사건사고가 있는지 물어봤을 따름이네."

독마군이 검마에게 대답해 줬다.

"고작 그런 걸로 내 행방을 알아차렸다고?"

검마가 어이없다는 얼굴로 물었다.

"고작이라니……. 자네는 사라지고, 그 시간쯤에 혈랑엽수회가 박살이 났는데 그게 누구겠나?"

마의가 뻔한 것 아니냐며 혀를 끌끌 차면서 말했다.

"그럼 왜 모르는 척한 거요?"

검마는 들키지 않았다며 안도하고 있었던 것이 억울해 물었다.

"그야……. 사실 자네가 가고 난 후에야 안심할 수 있었네."

독마군이 부끄러운 듯 말했다.

"지금 안심이라고 한 거요?"

검마가 믿을 수 없다는 얼굴로 물었다.

"믿기지 않지만 나도 그랬다네."

마의까지 독마군의 말에 동의하며 말했다.

"아니, 평소에도 있는 사고 없는 사고 다 친다고 자중하라고 귀에 딱지가 앉게 떠들어대는 영감들이 내가 뛰쳐나가서 안심했다고? 그게 무슨 소리요?"

검마는 모르겠다는 얼굴로 물었다.

"자네가 막무가내에 생각이 없고 하고 싶은 대로 하는 위인이지만……."

마의가 검마의 성정에 대해 바른 말을 내뱉자 검마의 얼굴이 사나워졌다.

"지금 시비 거는 거요?"

검마가 마의의 말을 자르며 사납게 물었다.

"그럼에도 무슨 일이 있어도 설천이 녀석을 지켜주려 한다는 걸 알기에 안심한 거네. 아니, 자네가 그렇게 뛰쳐나가 설천이를 도와주길 바란 건지도 모르겠네."

마의에게 사납게 대들려던 검마는 마지막 말에 할 말을 잃었다.

"흠흠, 어찌 되었든 아무 말 없이 나간 건 미안하게 됐소. 그때는 앞뒤 생각할 겨를도 없었소."

검마가 머쓱해져 사과의 말을 중얼거렸다.

"그래도 다행이네. 그때 그리 난리를 쳤는데도 자네 짓이라는 건 들키지 않았으니 말이네."

독마군이 그나마 다행이라는 듯 한숨을 내쉬며 말했다.

"그러니까 이번에도 조심해서 다녀오면 되는 거 아니오?"

검마가 이제는 당당하게 독마군에게 손을 내밀었다.

"내 금방 다녀오겠소. 교 내의 분위기가 어떤지, 그리고 정파는 무얼 노리고 쟁투전을 열었는지 몇 명만 찔러보면 금방 알 수 있을 거요."

검마가 마치 산책이라도 나갔다 오겠다는 양 여상스럽게 말했다.

"그 몇 명 중에 귀이각의 각주도 들어가는 겐가?"

독마군이 궁금하다는 듯 물었다.

"아니, 그걸 어찌 알았소?"

검마가 놀랐다는 듯 말했다.

"자네 생각하는 것이야 뻔하지."

독마군이 한숨을 내쉬었다. 귀이각은 천마신교의 정보 수집을 목적으로 만들어진 곳으로, 천마신교 안팎의 모든 정보가 모이는 곳이다. 그곳에 태연하게 다녀오겠다 말하는 검마의 태도에 독마군은 어이가 없었다.

"귀이각에 가겠다고? 제정신인가?"

마의도 검마의 태연한 대답에 깜짝 놀라 물었다.

"걱정할 것 없소. 이번에도 절대 들키지 않을 자신 있소."

검마가 염려 말라는 듯 자신있게 말했다.

"도대체 뭘 믿고 그리 자신하는가?"

독마군이 검마가 너무도 자신있게 말하기에 궁금해져 물었다.

"뭐 별것 아니오. 내 독문무공을 삼가고 약간의 변장만 하면 아무도 눈치채지 못할 거요."

검마의 철딱서니없는 말에 독마군은 기가 막혔다.

"그럼 저번에도 그렇게 하고 혈랑엽수회를 찾아간 건가?"

마의도 독마군처럼 기가 막힌지 검마에게 물었다.

"당연한 걸 왜 묻소?"

검마가 의기양양하게 말했다.

"들키지 않은 게 천행이었군."

독마군이 한숨을 내쉬며 말했다.

"천행은 무슨, 내가 각별히 신경을 썼는데 들킬 리가 있겠소?"

검마가 히죽 웃으며 말했다.

"자네, 이번엔 절대 못 나가네."

독마군이 이마를 짚으며 말했다.

"아니 왜? 나 들키지 않을 자신 있다니까!"

검마가 버럭 독마군에게 소리쳤다.

"귀이각에서 정보를 빼내면서 이번에도 의적이 어쩌고 떠들 생각인가?"

마의가 한심하다는 듯 물었다.

"그게 어때서 그러는 거요?"

"몰라서 묻나? 저번에는 혈랑엽수회였지만, 귀이각은 천마신교의 정보 수집 기관이란 말일세. 의적 따위가 들어갈 곳이 아니라는 말이네!"

독마군이 답답하다는 듯 소리쳤다.

"그럼 설정을 바꾸면 될 것 아니오? 의적이 아니면 정보를 노리고 온 청부업자 정도면 어떻겠소?"

검마의 아무 생각 없는 물음에 독마군은 두통이 더욱 심해지는 것을 느꼈다.

"설정을 바꾼다고 될 일이 아니네. 이번엔 절대 나갈 생각 말게."

"그럼 이대로 설천이를 그냥 두겠다는 거요?"

"설천이가 쟁투전에 참가하면 마림원의 인솔하에 놓이게 되는 거네. 자네 사제가 어련히 잘 알아서 챙기겠나. 그러니 제발 자중하게."

이제는 검마에게 제발 나가지 말라고 애원하듯 독마군이 말했다.

"비영검 그 자식을 어떻게 믿으라는 말이오!"

"그럼 설천이를 믿게. 그리고 야귀에게 말해두면 어련히 잘 알아서 도와줄 거네."

"젠장! 사지육신이 다 멀쩡한데 움직이는 것도 마음대로 못한다니 한심하군."

검마가 거칠게 머리칼을 쓸어 올리며 말했다.

"게다가 설천이가 쟁투전에 참가하겠다면 그걸 말릴 수는 없을 걸세."

독마군의 말에 검마가 조용히 입을 다물었다.

"하긴, 그 녀석 성격이라면 위험해 말린다고 들을 녀석은 아니지."

조용해진 검마를 대신해 마의가 말했다.

"이제 설천이는 아이가 아니네. 이번 쟁투전 참가가 위험할 수도 있지만 그만큼 성장하는 계기가 될 걸세. 그러니 우리는 믿고 지켜봐 주는 걸세."

독마군의 말에 검마는 불만스러운 표정이었으나 입을 열수가 없었다. 독마군의 말이 맞았다. 삼 년 전에는 설천이가 선택한 문제가 아니라 사고였다. 그러나 이번에는 설천이가 참가하겠다고 결정했다면 그것을 바꿀 수는 없었다.

"그리고 이게 설천이의 운명일지도 모르지."

독마군이 씁쓸하게 말했다.

"하긴 언제까지 천산에만 머물러 있을 녀석은 아니지. 그럼 이번 기회에 그걸 설천이에게 주는 것이 어떤가?"

마의의 말에 검마가 어리둥절한 표정을 지었다.

"뭘 말이오?"

검마는 모르겠다는 얼굴로 물었다. 그러나 독마군은 마의가 말하는 것이 무엇인지 금방 알아차렸다.

"하긴 이제 천산을 벗어나 밖으로 나가는 것이니 혹 자신의 핏줄을 만날 수도 있으니 주는 게 좋겠지."

독마군의 말에 검마는 마의가 말한 그것이 무엇인지 깨닫고 벌떡 일어났다.

"안 돼! 절대 안 돼! 설마 그걸 주겠다는 건 아니겠지?"

검마가 콧김을 뿜으며 버럭 소리를 질렀다.

"자네가 생각하는 게 맞네."

독마군의 말에 검마의 얼굴이 하얗게 질렸다. 검에 맞아 목숨이 오락가락할 때도 짓지 않는 표정을 짓자 마의와 독마군은 헛웃음을 삼켰다.

"그러다가 설천이가 충격이라도 받으면 어쩔 셈이야!"

검마가 버럭버럭 소리를 지르다가 정신을 수습하고 말했다.

"괜찮을 걸세. 설천이도 웬만큼 짐작은 하고 있을 테니 말이네. 그리고 설천이의 일이니 우리가 숨기는 것은 옳지 못하네."

독마군의 말에 검마가 고개를 푹 숙이고 주저앉았다.

"좋아, 영감 말대로 설천이가 강호로 나가는 길에 녀석의 출생의 비밀을 알리지 않는 건 옳지 못하지. 하지만 이건 확실히 해두고 싶어. 만약 설천이가 이번 강호행에서 정파의 후예라는 것이 밝혀져도 그 녀석은 내 아들이야. 누가 뭐래도 그건 바꿀 수 없다는 것만 알아두라고."

검마가 다소 비장하게 말했다.

"뭐라? 그걸 말이라고 하는 건가? 그거야 당연한 것 아닌가. 그리고 말은 바로 하게. 설천이는 자네 아들이 아니라 우리 모두의 아들이란 말일세."

검마가 분위기를 잡고 비장하게 말했으나, 마의의 방정맞은 소리에 단숨에 평소의 티격태격하는 시장판 같은(?) 분위기로 돌아왔다.

"이 영감이 말이면 다요! 남은 기껏 고민하다가 꺼낸 말인데!"

검마가 김샌다는 표정으로 말했다.

'다행이군.'

독마군은 툭탁거리는 마의와 검마를 바라보며 웃었다. 솔직히 설천이 혈육을 찾는다고 나서면 어떤 기분일까 걱정하고 있던 차다. 그러나 검마의 말대로 자신들이 키운 설천이다. 핏속에 정파의 피가 흐르든 사파의 피가 흐르든 자신들의 아들인 설천일 뿐이다. 설천이가 바뀌는 것은 아무것도 없었던 것이다.

'이제 조금은 홀가분한 마음으로 이야기해 줄 수 있을 것

같군.'

독마군은 한결 후련한 얼굴이 되었다.

*   *   *

산더미처럼 쌓인 서류의 산속에 파묻힌 백귀는 빠르게 몇 몇 서류들을 추려냈다. 어찌나 신묘한 움직임인지 백귀의 손이 여러 개로 보이는 듯했다.

"잘했다. 연관성은 이 정도인가?"

백귀의 목소리는 피곤에 잠겨 있었다. 백귀밖에 사람이라곤 보이지 않았지만 누군가를 칭찬하듯 백귀의 어조는 다정했다. 이런 다정함은 백귀가 부리는 귀령사에 한정되어 있었다.

"안에 있는가?"

피곤한 듯 고개를 의자에 기대고 있던 백귀는 밖에서 들려오는 목소리에 벌떡 일어섰다.

"네. 어서 드시지요."

주섬주섬 서류를 정리한 백귀는 안으로 들어선 사람을 바라봤다. 안으로 들어선 사람은 대막심이었다.

"오늘도 철야인가?"

대막심이 안쓰럽다는 목소리로 물었다.

"하하, 이 정도로도 못 견디면 경부에선 살아남기 힘듭니다. 그러니 너무 신경 쓰지 마십시오."

백귀는 별것 아니라는 듯 대막심에게 손사래를 치며 말했
다.

백귀가 귀령사를 다시 얻은 지 삼 년이나 지났다. 그러나
어찌 된 영문인지 조사를 하면 할수록 미궁 속에 빠졌다. 처
음 실마리라 여겼던 마룡대의 전사 위로금을 찾아간 자들을
수소문해 그들이 수행했던 임무를 알아보려 했다.

"마룡대 소속 성운혁의 자제 분 되십니까?"

"당신은 누구요?"

마룡대에 속해 있던 자들의 가족들은 정보를 캐기 위해 다
가간 백귀에게 하나같이 날카롭게 반응했다. 임무 수행 중에
전사하는 마인들의 가족은 전사자들을 자랑스럽게 여긴다.
마신을 위해 목숨을 바쳤다 여기기 때문이다. 그러나 마룡대
소속에 있던 자들의 유가족은 하나같이 백귀를 불구대천의
원수로 여겼다.

"당시 어떤 임무를 수행하고 있었는지 알고 싶습니다."

"그걸 내가 어찌 알아! 아버지는 교주에게 이용당하다 버
려진 거야!"

남자는 백귀를 노려보며 소리를 질렀다.

"이용당한 것이라구요? 좀 더 자세한 것을 알 수 있을까
요?"

백귀는 본능적으로 이 남자가 뭔가를 알고 있다는 느낌이 들었다.

"자세한 것이라고? 아버지는 임무에 나가실 때마다 늘 죽음을 각오한 듯 보였어. 마룡대는 교주의 호위를 위해 만들어진 것이 아니었어. 모든 게 다 교주의 욕심 때문이야."

남자는 마치 실성한 듯 눈을 번뜩거리며 말했다.

"교주가 무얼 위해 마룡대를 만들었다는 겁니까?"

드디어 교주와 마룡대의 비밀을 푸는가 싶었다.

"큭! 크악!"

그러나 다음 순간 눈을 번뜩이던 남자가 머리를 부여잡고 방바닥을 뒹굴었다.

"이게 무슨!"

백귀는 놀라 남자의 어깨를 잡았다. 흰자만 번뜩이는 눈동자와 고통으로 떠는 몸.

'금제다!'

백귀는 놀라서 품 안에서 귀령사를 불러냈다.

"안정시켜라."

백귀의 말을 알아들은 귀령사는 남자의 몸을 휘감더니 목덜미에 이를 박아 넣었다.

"아악!"

남자는 단말마의 비명을 지르며 기절했다. 귀령사는 혼백 치환술에도 이용할 수 있었지만 상대를 기절하게 하거나 죽일 수 있는 독도 있었기에 다방면으로 유용했다.

"어떤 금제가 사용됐는지 알 수 있을까?"

남자를 제압한 귀령사에게 백귀가 물었다. 귀령사는 잠시 망설이는 듯하더니 뿌연 영체로 화해 남자의 몸 안으로 스며들었다.

"쿨럭!"

귀령사가 남자의 안으로 침투하자 몸 안의 금제가 발동되는지 남자는 피를 토해내며 부르르 경련을 일으켰다.

"젠장! 돌아와!"

입에서 쏟아지는 피의 양을 보자니 잘못하면 남자가 곧 죽을 것 같았다. 문제는 귀령사가 몸 안에 있을 때 죽는다면 귀령사도 죽게 된다. 백귀는 얻은 지 얼마 되지도 않은 귀령사를 또 잃을까 싶어 다급하게 외쳤다. 귀령사는 백귀의 부름에 얌전히 돌아와 다시 뱀으로 화했다.

"큭! 크윽."

남자는 다행히 귀령사가 빠져나간 덕분에 더 이상 금제가 진행되지 않았는지 토혈을 멈추고 격하게 몸을 떨었다.

"이걸 쓰게 될 줄은 몰랐는데……."

백귀는 품 안을 더듬어 작은 병을 하나 꺼내 들었다.

퐁!

옥병의 뚜껑을 열고 사내의 입에 병 안의 약을 흘려 넣었다.

꿀꺽.

옥병의 약을 마시자 사내의 숨소리는 한결 편해졌다. 백귀는 안도의 한숨을 내쉬며 사내를 자세히 살폈다.

"어디 어떤 금제를 걸었는지 한번 볼까?"

백귀는 사내의 혈 자리를 꼼꼼하게 살폈다. 귀 근처 혈 자리인 예풍(翳風)이나 완골(完骨) 등에 아무 흔적이 없는 것으로 보아 평범한 금제는 아닌 것 같았다. 일반적인 금제는 우선 머리 쪽의 혈 자리에 시침을 한 후에 시행하게 된다. 금제는 타인의 자유를 구속하는 것이기에 시침한 흔적이 선명하게 남게 된다. 따라서 이 흔적을 얼마나 교묘하게 숨기는지에 따라 금제를 한 자의 솜씨를 파악할 수 있는 것이다.

"흠, 꽤나 뛰어난 자가 한 금제인가 보군."

혈 자리를 꼼꼼히 살핀 백귀는 잠시 얼굴을 찡그렸다. 여러 가지 비술을 몸에 익힌 자신이 찾아내지 못할 정도의 금제라니 자존심이 상한 탓이다.

"일반적인 방법은 아니라 이건가? 좋아, 그럼 나도 일반적인 방법으로 찾는 건 그만둬야겠군."

백귀는 귀령사의 탐색 능력을 빌리기로 마음먹었다. 귀령사와 혼백을 치환하는 일은 가끔 있었으나, 그 능력을 자신의 몸에 직접 빌려오는 것은 처음 있는 일인지라 망설여졌다. 온전히 혼백을 바꾸는 일은 백귀의 비의인 혼백치환술을 바탕으로 하는 것이기에 안정성이 보장되지만, 귀령사의 능력을 자신의 몸에 빌려왔다가는 목숨이 위험할지도 모르기 때문이었다.

"하! 나도 마인은 마인인가 보군. 이런 걸로 승부욕이 발동하는 걸 보니 말이야."

백귀는 무공보다 비술에 더 많은 시간을 투자했고, 그 분야에 일인자라 자부하고 있었다. 그런데 그런 백귀가 방법을 알수 없을 정도의 금제라니 마치 자신을 비웃기라도 한 것 같은 기분이 들었다.

쉬이익!

귀령사도 그런 주인의 기분을 알았는지 혀를 날름거리며 주인의 기분을 맞추려 들었다.

"걱정 말아라. 잘못되어도 너는 괜찮을 테니."

백귀는 귀령사의 차가운 몸을 토닥이며 말했다.

"네 탐지 능력을 내 몸에 잠시 빌리마."

백귀는 자신의 몸 몇 군데에 점혈을 하고 귀령사의 기를 받아들였다. 귀령사는 온몸의 혈 자리를 통해 호흡한다. 몇 배나 뛰어난 후각과 통각, 그리고 기감을 가지게 되기 때문에 귀령사의 탐지 능력은 단연 최고였다.

그러나 그 능력을 사람의 몸에 받아들이면 어떤 부작용이 생길지 알 수 없는 미지의 영역이었다. 그 위험한 일을 백귀가 시행한 것이다.

'최대 일다경이다. 그 이상 운용하면 위험할 수 있어. 속전

속결(速戰速決)이다.'

백귀는 천천히 자신의 몸에 퍼지는 귀령사의 기운에 집중했다. 다른 성질의 기운이 몸에 스며들자 단전의 기운이 반발하면서 귀령사의 기운을 몰아내려 했다.

'단전의 기운과 귀령사의 기운을 동화시킨다.'

반발하는 기운을 억누르고 최대한 유입되는 귀령사의 기운에 동조시켰다. 그러나 처음 시도하는 일인지라 기운이 사납게 날뛰며 폭주하기 시작했다.

'크윽!'

백귀는 온몸이 찢어지는 듯한 극심한 고통에 혀를 깨물었다. 비릿한 핏물이 식도를 타고 넘어왔다.

'버텨야 한다. 자칫 지금 그만두면 오히려 더 위험할 수 있어.'

백귀는 이를 악물었다. 귀령사의 기운과 자신의 기운이 뒤엉키며 혈맥이 찢어질 듯 팽창하는 것이 느껴졌다. 그러나 자신의 기운이 그것을 누르며 천천히 기감이 확장되는 것이 느껴졌다. 공기 중에 포함된 물 냄새까지 맡을 수 있었다. 생전 처음 맡아보는 냄새였지만 본능적으로 그것이 물 냄새라는 걸 알 수 있었다.

'됐다!'

백귀는 자신이 귀령사의 감지 능력을 얻은 것을 알아차리고 재빨리 정신을 잃은 남자에게 시선을 집중했다.

'어디냐? 귀령사의 능력까지 빌린 내 눈을 피할 순 없다.'

그러나 얼마나 교묘한 금제인지 금방 찾아낼 순 없었다. 백귀는 머리 주변의 혈을 샅샅이 살폈으나 찾을 수가 없었다. 그때 백귀의 기감에 이상한 위화감이 느껴졌다.

'턱 관절의 기혈이 틀어졌다?'

사내의 턱 관절 부근의 혈인 대영혈(大迎血)이 기묘하게 비틀려 있었다. 마치 센 힘으로 압박을 받은 것처럼 원래의 자리에서 벗어나 있었다.

'설마?!'

백귀의 뇌리에 번쩍하고 떠오르는 것이 있었다. 백귀는 사내의 입을 벌렸다. 사내의 입안을 천천히 살핀 백귀는 입천장에 박힌 침을 찾아낼 수 있었다.

"해(解)!"

귀령사의 기운을 걷어낸 백귀의 눈에 이채가 돌았다. 사내의 입천장을 통해 뇌까지 박힌 침은 제거하면 사내의 목숨을 빼앗도록 되어 있었다.

"도대체 어떤 자가 이런 짓을……."

아마도 마룡대와 연관이 있는 자 모두에게 시술된 것 같았다. 백귀는 놀라움으로 눈이 커졌다. 백귀는 천마신교 안에 비술로 자신을 따를 자가 없을 것이라 자신했던 것이 부끄러울 지경이었다.

백귀는 우선 사내에게 응급처치를 하고, 마룡대와 관계있었던 모든 자들을 조사했다. 놀랍게도 그들 모두에게 금제가 되어 있었다.

엄청난 시술이었지만, 모두 대영혈이 어긋난 것 외에는 몸에 이상이 없을 정도로 완벽한 금제였다.

"빌어먹을!"

험한 경부에서 잔뼈가 굵은 백귀는 어울리지 않게 욕을 싫어했다. 그러나 지금은 입에서 욕이 저절로 튀어나올 지경이다. 마룡대와 관계된 모두에게 시술을 한 자는 살인멸구 대신 금제를 택했다. 아마도 모두 죽여 없앤다면 의심이 생길 수 있으니 대신 금제를 선택한 듯했다. 백귀는 대담하면서도 치밀한 상대에게 혀를 내둘렀다.

'이렇게 되면 마지막 단서까지 막다른 길에 도달한 것인가?'

백귀는 오기가 생겼다.

'꼭 흉수를 밝혀내고야 말겠다.'

여태까지 자신의 일에서 단 한 번도 실패를 몰랐던 백귀이기에 더욱 투지가 끓어올랐다.

"그래, 마룡대 주변의 인물들이 모조리 금제에 걸려 있다는 건가?"

일련의 보고를 들은 대막심의 목소리엔 힘이 하나도 없었다.

"송구합니다. 제 능력이 일천해 금제를 풀어낼 길이 없었습니다."

백귀는 대막심의 풀이 죽은 얼굴에 안타까움을 느꼈다.

"아니, 자네는 최선을 다했네. 고맙네. 그러니 이제 돌아가게."

대막심은 잠시 망설이다가 백귀에게 말했다.

"설마 제가 미숙해 아무것도 알아내지 못해 이러시는 겁니까? 좀 더 찾아보면 분명 다른 단서가 나올 겁니다. 그러니 시간을 조금만 더 주십시오."

백귀는 어안이 벙벙해져 대막심을 바라보며 다급하게 말했다.

"아니네. 그동안 도와준 것도 고맙네. 군자의 복수는 십 년이 걸려도 늦지 않는다 했네. 이제부터는 나 혼자 알아보겠네. 더 이상 자네에게 폐를 끼칠 순 없어."

대막심이 단호하게 말했다.

"그건 염려하실 필요 없습니다. 제가 이미 말씀드렸잖습니까. 이건 모두 제가 원해서 하는 일입니다."

백귀가 단호하게 대막심에게 말했다.

"알고 있네. 하지만 내가 복귀해야 한다네."

"복귀?"

대막심의 말에 백귀가 멍한 표정을 지었다.

"만약 내가 그만둔다면 수상하게 여길 것이네. 내일부로 업무에 복귀하라는 명령이 떨어졌네."

대막심의 말에 백귀는 힘이 빠졌다. 대막심은 수사당의 조장이었다. 명령이 떨어졌다면 복귀해야 할 것이다.

"하지만 홀로 어찌 흉수를 찾으실 겁니까?"

백귀가 걱정스러운 얼굴로 물었다.

"난 자네처럼 똑똑하고 능력있는 건 아니네. 하나 나는 끈기가 있다네. 십 년 아니라 몇십 년이 걸려도 꼭 찾아낼 걸세."

대막심의 결의에 찬 표정을 보고 백귀는 한숨을 내쉬었다.

"전에 말씀드렸듯이 이번 일은 아무리 봐도 큰 건수라 저도 쉽게 포기할 수는 없습니다."

"하지만 나는 복귀 명령을 받은지라……."

대막심이 우물쭈물 말을 흐렸다.

"혹 수사당에 정보 수집에 능한 사람이 필요하시지는 않습니까?"

백귀의 말에 대막심의 눈이 커졌다.

"자네……."

"이왕 시작한 일이니 끝을 꼭 봐야겠습니다. 그리고 솔직히 자존심이 너무 상해서 그만둘 수도 없습니다. 이 금제는 제가 본 적도 없는 방법입니다. 저도 꼭 밝혀내고 싶습니다."

백귀가 웃음을 지으며 말했다.

"고맙네. 내 꼭 자리를 마련해 보지."

대막심이 갈라진 목소리로 말했다. 솔직히 백귀가 없으면 어디서부터 시작해야 할지 막막한 대막심이다. 그러니 백귀의 결심에 천군만마를 얻은 듯 든든해졌다.

"아닙니다. 솔직히 조장님 덕분에 경부에서 처음으로 수사당 밥을 먹게 생겼군요. 수사당에 잡혀갈 줄만 알았지 그곳 녹을 먹게 될 줄은 꿈에도 몰랐습니다."

백귀가 너스레를 떨며 말했다. 백귀의 말에 대막심은 희미한 미소를 지었다. 복수라는 피의 길을 함께 걸어줄 동료가 생겼다는 것에 든든한 마음이 들었기 때문이다.

第七章
쟁투전 준비

마도
공자

"설천아, 서찰 왔어."

쟁투전에 참가하기 위해 짐을 싸고 있던 설천에게 유은수가 서찰을 들고 달려왔다.

"서찰? 올 곳이 없는데."

설천은 의아한 생각이 들었다. 자신에게 서찰을 보낼 사람이라곤 봉마곡의 세 의부뿐이었다. 그러나 유폐된 상태라 함부로 연락을 할 수도 없는 처지이기에 서찰을 보낸 일은 단한 번도 없었다. 설천이 고개를 갸웃거리며 유은수에게 손을 내밀었다.

"올 곳이 없기는, 세 통이나 왔구먼."

유은수가 설천의 말에 서찰 세 개를 부채 모양으로 펴 보이며 말했다.

"세 통이나?"

설천은 의아한 생각에 얼른 서찰을 받아 들었다.

'도대체 어디서 온 거지?'

첫 번째 서찰은 전귀였다. 설천의 손이 살짝 떨렸다.

'설마 태워 버린 전각 수리 대금에 대한 독촉은 아니겠지?'

설천은 불안한 마음으로 서찰을 뜯었다. 전귀의 서찰은 우선 뇌룡을 소유하게 된 걸 축하한다는 말이었다. 설천은 사아를 통해 검을 통제할 수 있게 된 후 도망치듯 전귀의 집에서 나섰다. 그 이유는 까맣게 타서 폭삭 무너진 전각의 배상금에 대해 구체적으로 들먹일까 싶어서였다.

그러나 전귀는 역시 대상인답게 불타 버린 전각에 대해서는 언급이 없었고, 명검이니 앞으로 잘 쓰길 바란다는 간략한 말과 함께 무림맹에서 혹 자신의 상단을 만나게 된다면 잘 부탁한다는 말이 쓰여 있었다.

'응? 무림맹 쪽에 상단이 있었나? 정말 부자로구나. 그런데 나한테 뭘 잘 부탁한다는 거지?'

아직은 학생 신분인 설천에게 무엇을 잘 부탁한다는 건지 모르겠지만, 전각을 물어내라는 말이 아니기에 설천은 고개를 갸웃거리면서도 그러려니 하고 서찰을 내려놓았다.

두 번째 서찰은 천마신교에서 흔하게 볼 수 있는 형태가 아니었다. 천마신교에서는 세로로 길쭉한 형태의 봉투에 천마신교를 상징하는 붉은 색의 마(魔) 자 직인이 찍힌 것을 사용한다. 그러나 이 서찰은 푸른빛을 띠는 봉투에 맹(盟)이라는 검은 직인이 찍혀 있었다.

"이건 어디서 온 거지?"

설천이 이상하다는 얼굴로 서찰을 바라봤다.

"그거 무림맹의 서찰이야! 누가 보낸 거야?"

서찰을 가지고 온 유은수가 놀란 얼굴로 물었다.

"글쎄, 모르겠어. 무림맹이면 정파에서 보낸 건가?"

"얼른 뜯어봐."

유은수가 궁금한지 설천을 채근했다. 설천은 서찰을 뜯어보곤 빙그레 웃었다. 화린이 보낸 서찰이었다. 삼 년 동안 소식이 없기에 무슨 일이 있는 건 아닌가 싶어 걱정했는데, 알고 보니 그동안 몸을 추스르고 뒤처져 있던 무공을 수련하느라 정신이 없었던 모양이다. 이번 쟁투전에 참가하면 꼭 자신의 집에 들러달라고 신신당부하는 서찰이었다.

"누구야? 누가 보낸 거야?"

유은수가 궁금한 얼굴로 물었다.

"응, 내가 치료해 준 환자."

설천의 대답에 유은수가 김샜다는 표정을 지었다.

"쳇, 난 또 정파의 직인이 찍혔기에 혹 정파의 여고수가 연서라도 보낸 줄 알았지."

"뭐? 정파 여고수가 어떻게 나를 알고 연서를 보내?"

"무슨 소리야. 우리보고 사악한 마인이니 어쩌니 하면서도 은근히 패도적인 마인에게 연심을 품는 정파의 소저들이 있다고. 뭐, 거친 남자의 향기가 난다나?"

설천이 어이없다는 얼굴로 묻자 유은수가 정색을 하고 말했다.

"거친 남자의 향기는 도대체 뭐냐?"

설천이 피식 헛웃음을 지으며 물었다.

"고리타분한 정파 녀석들만 보다가 마인의 야성미에 반한 정파 소저들이 그리 말하더라고."

"그거 근거는 있는 소리야?"

설천이 왠지 의심스럽다는 듯 물었다.

"근거가 왜 필요해. 사실인걸. 에이, 그나저나 실망이다. 그 서찰 받아 오면서 혹 그중에 하나는 연서일까 싶어 기대했는데……."

유은수가 마지막 남은 서찰을 기대 어린 눈으로 바라봤다. 설천은 픽 웃으며 마지막 남은 서찰의 발신인을 확인했다.

삼부(三父).

"미안하지만 이건 집에서 온 거야."

삼부라면 분명 봉마곡의 세 의부가 보낸 서찰일 것이다. 설천은 미소를 지으며 말했다. 그러나 유은수는 실망한 듯 인상을 찡그렸다.

"넌 사부들이랑 여러 방면으로 연구하는 것 말고 다른 일엔 관심도 없냐?"

유은수가 이제는 시비라도 걸 듯이 물었다.

"말이랑 맹수 돌보고, 무공 수련도 하잖아?"

"이런 재미없는 자식! 그래, 이번에 강호로 나서면 형님이 좋은 걸 많이 알려주마. 설마 너 아직도 애가 기도하면 생긴다고 생각하는 건 아니겠지?"

유은수가 궁금하다는 듯 물었다.

"아니야? 그럼 어떻게 생기는데?"

설천의 대답에 유은수는 경악한 표정을 지었다.

"도대체 너한테 그따위 이야길 누가 해준 거냐?"

"의부님들이."

"뭣, 뭐라고? 의부들이 그랬다고? 너를 너무 애 취급하는 거 아니야? 그래, 내가 이번에 확실히 너를 어른으로 만들어주마. 음하하하! 기대하라고!"

유은수가 괴상하게 웃으며 어깨를 툭툭 쳐주고 사라지자 설천은 안도의 한숨을 내쉬었다. 유은수뿐만 아니라 이번 쟁투전에 참가하는 학생들 모두 들떠 있었다.

'하긴, 다들 천산을 벗어나는 게 처음이겠지?

참가하는 인원은 열 명이었지만 그 설렘과 흥분으로 마림원이 술렁이고 있었다. 그러나 설천은 강호로 나간다는 설렘보다 뇌룡과 씨름하고 비무 신청자들과 검을 맞대고 자신이 없을 동안 사부들이 필요한 것을 챙기느라 정신이 하나도 없었다.

'그나저나 무슨 일로 연락을 하신 거지?'

설천은 자신이 바빠서 자주 연락하지 못한 것을 후회하며 서찰을 펼쳤다. 독마군의 유려한 필체에 설천의 입가가 느슨해졌다.

'의부들도 걱정이 되신 모양이구나. 쟁투전에 참가하기 전에 한번 들러달라는 걸 보니 말이야. 하긴 그동안 내가 너무 무심했어. 바쁘더라도 꼭 가봐야겠다.'

설천은 재빨리 짐을 챙기고 외출증을 받았다. 호야를 타면 반나절 정도의 거리였지만, 걸어서 가려면 꼬박 하루가 걸리는 곳이 봉마곡이다. 물론 경공을 이용하면 호야를 탔을 때처럼 반나절이면 도착하겠지만 왕복 하루가 걸린다. 게다가 호야는 이미 봉마곡으로 돌려보낸 후였다.

'어쩐다? 괜히 호야를 돌려보냈나?'

호야를 되찾고 난 후 처음 몇 달은 마림원에서 사육했으나 특유의 야성을 가지고 있어서 우리 안의 생활을 답답해했다. 그래서 설천은 호야를 봉마곡으로 돌려보냈다. 그리고 이번엔 절대 사로잡히지 않도록 호야의 기력이 위급할 정도로 고갈되면 진법이 발동하는 목걸이를 하나 걸어줬다. 그 목걸이에 자신의 이름을 새기는 것도 잊지 않았다.

"불편하긴 하지만 네가 위험에 처하면 진법이 발동되면서 네가 보이지 않게 될 거야."

당 사부와의 여러 가지 실험 끝에 표지석을 대신한 영석을 박아 넣은 대단히 진귀한 목걸이였지만 설천은 망설임없이 호야에게 채워줬다.

크릉!

답답한지 목걸이를 벗어내려 이리저리 움직거리던 녀석이 설천의 말에 잠잠해졌다.

그렇게 호야를 돌려보내자 흑야왕과 약왕은 아쉬운 듯 입맛을 쩝쩝 다셨다. 그러나 안도의 한숨을 내쉰 사람들도 있었다. 바로 유은수와 나계환이었다.

호야가 어찌나 사납게 날뛰는지 우리를 청소할 때나 먹이를 줄 때마다 벌벌 떨었다. 그러나 호야의 이런 광폭한 기세는 설천이 옆에 있으면 언제 그랬냐 싶게 사라졌다. 그러니 유은수와 나계환이 기뻐하는 것도 당연했다.

그 둘 외에도 기뻐하는 존재가 하나 더 있었다. 바로 타마였다. 호야는 맹수 사육장에 머물렀고, 타마는 마구간에 있어 만날 일이 전혀 없었다. 그러나 타마는 설천이 호야를 보러 갈 것 같은 낌새를 보이면 재롱을 부리거나 밖으로 나가고 싶다는 몸짓으로 설천을 잡아뒀다.

이런 타마의 여우같은 행동에 유은수나 나계환은 고개를 절레절레 흔들었다. 설천 외에는 사납게 날뛰는 호야나 설천 앞에서만 재롱을 피우며 꼬리를 흔드는 타마나 막상막하로 까다로웠기 때문이다.

"그래, 타마가 있었지!"

호야가 없다는 것에 고민하던 설천은 타마가 있음을 깨닫고 서둘러 마구간으로 갔다.

"음? 어디 가는 게냐?"

흑야왕이 마구간으로 들어선 설천을 살피며 물었다. 평소엔 검은 무복을 즐겨 입는 설천이 다른 옷을 차려입고 나온 탓이다.

"네. 집에 좀 다녀오려구요. 타마 좀 빌려가도 될까요?"

설천의 물음에 흑야왕이 의아한 얼굴이 되었다.

"집에 간다고? 그런데 타마를 빌려가는 데 왜 내 허락을 받는 게냐?"

"타마는 사부님이 키우신 은갈마가 낳았으니까 엄연히 사부님 말이잖아요."

설천의 대답에 흑야왕은 피식 웃음 지었다.

"내 말이었으면 진즉에 말고기 육포가 되었겠지. 그랬다면 아마 죽어서도 눈을 감지 못했을 거다. 천하의 명마로 육포나 만드는 보는 눈 없는 마인이 될 뻔했다니……"

흑야왕은 생각하기도 싫다는 듯 부르르 몸을 떨었다.

"그럼 타마랑 다녀와도 될까요?"

"네 말이니 앞으론 내 허락을 받을 필요도 없다. 그나저나 잘 다녀와라. 타마 녀석이라면 금세 다녀오겠구나."

흑야왕이 조금 처량 맞은 얼굴로 말했다. 타마가 가까이 다가가기만 해도 경계를 하니 흑야왕에겐 그림의 떡이었다.

"그럼 다녀오겠습니다."

설천은 흑야왕에게 인사하고 마구간으로 들어갔다.

히히힝!

타마는 설천이 들어오는 것을 알고 있었는지 까만 눈동자를 반짝이며 꼬리를 흔들었다.

"오늘은 좀 멀리 나갈 거야. 그래도 괜찮겠어?"

설천의 물음에 타마는 귀를 쫑긋거리며 투레질을 했다. 당장에라도 마구간을 박차고 달려나갈 기세의 모습에 설천은 빙긋 웃고 굴레를 씌웠다. 타마가 재갈을 싫어해서 굴레만 씌우고 안장도 없이 타마에 올라탔다.

푸르릉!

타마는 설천이 올라타자 콧김을 뿜어내며 앞으로 달려갔다. 속도가 어찌나 빠른지 주변 사물이 흐릿해 보였다. 타마의 전력 질주 덕분에 반나절은 달려야 도착했던 봉마곡에 두 시진 만에 도착했다.

"다녀왔습니다."

설천의 목소리가 봉마곡 안에 울려 퍼졌다. 기감으로 이미 설천이 봉마곡에 들어선 걸 알아차린 세 마두는 설천을 마중하기 위해 나와 있었다.

"어디 보자! 이게 얼마 만이냐?"

"그동안 궁금해서 죽는 줄 알았다."

"별탈은 없었던 게냐?"

의부들은 설천을 보자마자 이것저것 묻기에 바빴다.

"자주 소식 전하지 못해 죄송해요."

설천은 세 의부에게 사죄의 말을 먼저 했다.

"죄송할 게 뭐 있냐. 남들 이목 때문에 그런 걸 뻔히 아는데."

호탕한 검마가 설천의 말에 재빨리 대꾸하곤 머리를 쓱쓱 쓰다듬었다. 품에 안고 키웠던 작은 아이가 이제는 자신과 비슷할 정도로 장성했다는 사실에 검마는 묘한 기분이 들었다.

"그나저나 타고 온 말이 대단하구나."

평소엔 애교 많은 타마가 세 의부 앞에서는 거드름을 피우며 당당하게 서 있었다.

"아, 이 녀석은 타마예요."

설천의 대답에 세 마두는 어이없다는 듯 웃음을 터뜨렸다. 설천은 아끼는 동물들에게 이름을 지어주는 것을 좋아했다. 그러나 그 작명법은 무시무시한 흑청호에게도 집에서 키우는 강아지 같은 이름을 지어주곤 했다. 그러니 아무리 천하의 명마라도 설천의 그 작명법에서 벗어나지 못한 것이다.

"그래, 좋은 말을 얻었구나. 마림원에 잘 적응한 것 같아 다행이다. 그럼 안으로 들어가자."

독마군이 설천을 안으로 이끌었다. 작은 다탁과 허름해 보이는 다기. 남들이 보기엔 초라해 보이는 집기들이었지만 설천은 마음이 편안해지는 걸 느꼈다.

'역시 집이 좋구나.'

친구들이 있는 마림원도 좋았지만, 의부들이 있는 봉마곡이야말로 설천의 진정한 집이었다.

쪼르륵.

독마군이 찻물을 따라 설천 앞에 내려놓았다. 셋이 모여서 으르렁거리던 곳에 설천이 들어서자 푸근한 기운이 감돌았다.

"갑자기 서찰을 띄워 놀랐겠구나."

독마군이 먼저 입을 열었다.

"아뇨. 걱정을 끼쳐 드려서 죄송해요."

"아니다. 우린 네가 쟁투전에 나간다는 소식을 듣고 하고 싶은 말이 있어서 부른 게다."

마의가 조심스레 입을 열었다.

"제가 쟁투전에 나가는 걸 어떻게 아셨어요?"

설천이 의아한 얼굴로 물었다.

"비영검이 알려주더구나."

물론 소야차가 설천의 동향을 꼬박꼬박 보고해 왔기에 알았지만, 그걸 선뜻 밝힐 수 없어서 끙끙거리던 차에 독마군이 얼른 대답했다.

'휴~ 역시 독마군 영감.'

검마와 마의는 안도의 한숨을 내쉬었다.

"학장님이요? 자주 연락하세요?"

설천이 의외라는 듯 물었다.

"하하하, 내가 이래 봬도 비영검 사형 아니냐? 그러니 내게 보고하는 게 당연하지."

검마가 으스대며 말하자 설천이 고개를 끄덕였다.

"자주 연락하셨구나. 그럼 다음에 제 서찰도 학장님 편에 보내면 되겠네요?"

설천의 대답에 세 마두가 난감한 표정을 지었다.

"아니다. 번거롭게 그러지 말거라. 그리고 비영검도 이목을 숨기고 알려오는 것이니 조심해야 하지 않겠느냐?"

이번에도 독마군이 적절한 대답을 하여 위기 상황을 벗어났다. 그러나 설천은 아무 의심 없이 고개를 끄덕였다.

"그건 그렇고, 쟁투전에 참가한다니 많이 설레겠구나?"

마의가 흐뭇한 미소를 지으며 물었다.

"아뇨. 아직 얼떨떨해서 잘 모르겠어요."

설천의 대답에 세 마두가 크게 웃었다. 태어나서 천산을 한 번도 벗어나 본 적이 없으니 그럴 만도 했다.

"지금은 그렇지만 천산을 벗어나면 실감하게 될 거다."

검마가 시원하게 웃으며 말했다.

"그런데 하실 말씀이 있으시다구요?"

설천이 궁금한 얼굴로 물었다. 그러자 푸근했던 분위기가 일순 긴장감이 감도는 분위기로 변했다.

"지금부터 해줄 말은 네가 발견될 당시의 이야기다."

독마군의 말에 설천의 얼굴이 딱딱하게 굳었다.

설천을 감싸고 죽은 여인과 그 여인의 품 안에서 발견된 설천, 특이한 문양이 새겨진 강보, 그리고 추격자들 품에서 발견된 낡은 패 하나. 세 마두는 그 이야기를 설천에게 털어놓았다.

독마군이 모든 이야기를 마치고 설천 앞에 핏자국이 선명한 강보를 내밀었다.

"죽은 여인은 어찌하셨나요?"

설천은 감정이 느껴지지 않는 목소리로 물었다.

"시신은 잘 수습해 양지 바른 곳에 묻어줬다. 가보고 싶으냐?"

검마가 설천의 안색을 살피며 물었다. 세 마두는 모두 설천의 얼굴을 흘끔거리며 안절부절못했다. 혹 설천이 슬퍼할까 싶어 좌불안석이었다.

"아뇨. 군이 찾아갈 필요는 없을 것 같아요."

딱딱하게 굳어 있던 설천의 얼굴은 검마의 대답을 듣고 다시 원래의 얼굴로 돌아왔다.

"이걸 네게 주는 것은 네가 어떻게 이곳으로 왔고 우리와 인연을 맺게 되었는지 알려주고 싶었던 것이다. 그리고 이것으로 네가 누군지 알게 된다면 더욱 좋은 것이고. 그러나 난 네가 이 일로 인해 복수에 집착하지 않았으면 한다."

독마군이 다정한 목소리로 말했다.

"영감, 그게 무슨 소리요? 당연히 복수해야지! 설천아, 내가 도와주마. 그러니 복수하고 싶으면 당장에라도 말해라."

검마는 독마군의 말에 눈에 쌍심지를 켜고 소리쳤다.

"그게 애한테 할 말인가?"

마의가 검마의 말에 딴죽을 걸며 말했다.

"흥! 둘은 못하겠다 이거요? 설천아, 걱정 말아라. 두 영감탱이 없어도 충분히 내가 도와줄 수 있다!"

검마가 호기롭게 소리쳤다. 그러나 설천은 아무 말 없이 찻잔을 만지작거리며 생각에 잠겼다. 설천의 조용한 모습에 세마두는 입을 다물고 전전긍긍했다. 오랜 시간 설천을 지켜본 그들이다. 설천이 저렇게 슬픈 얼굴로 망설이는 모습은 처음이었기 때문에 뭐라고 해야 할지 난감했다.

[영감, 어떻게 좀 달래봐!]

검마가 마의에게 전음으로 소리쳤다.

[도대체 무슨 말을 하라는 겐가?]

마의가 당황스러운 얼굴로 검마에게 전음을 보냈다.

[이게 다 영감 때문이요. 왜 설천이한테 그따위 이야기를

해주자고 한 거요!]

검마는 이제 독마군에게 비난의 화살을 돌렸다.

[설천이가 이리 슬퍼할 줄은 나도 몰랐네.]

독마군의 전음엔 힘이 하나도 없었다.

"혹 제가 정파 무인의 핏줄이면 더 이상 의부님들의 아들이 아닌 건가요?"

한참 만에 설천이 물은 것은 의외의 것이었다.

"그게 무슨 소리냐?"

검마가 뚱딴지같은 물음에 놀라서 되물었다.

"쟁투전에 참가하는 제게 이것을 보여주신 것은 제가 정파의 혈육이라 짐작하신 게 아니었나요?"

"그게 사실이기는 하다. 그러나 네가 정파의 핏줄이든 사파의 핏줄이든 너는 언제나 우리 아들이다."

독마군의 대답에 그제야 설천의 얼굴이 밝아졌다.

"다행이에요. 저는 혹시라도 제가 정파인의 핏줄이라면 저를 싫어하실까 봐……."

"누가 널 싫어해! 넌 누가 뭐래도 내 아들이야!"

검마가 와락 소리쳤다. 마의가 설천의 손을 잡았다.

"우리는 되레 네가 우릴 버릴까 싶어 걱정했단다."

"그게 무슨 말씀이세요. 자식이 어찌 부모를 버릴 수 있겠어요."

설천의 말에 세 마두는 감격한 표정을 지었다.

"그래, 우리도 마찬가지다. 자식을 버리는 못난 아비가 아니니 안심해라. 그러니 걱정 말고 쟁투전에 다녀오너라. 그리고 혹 네 과거를 알게 되더라도 기죽지 말고."

독마군이 푸근한 미소를 지으며 말했다.

세 의부의 배웅을 받으며 마림원으로 돌아가는 설천의 손에는 짐 꾸러미가 한가득했다. 마의가 챙겨준 독초와 해독약, 그리고 환단과 검마가 챙겨준 갖가지 무구들, 그리고 독마군이 챙겨준 지도와 각 지방에 대한 자료들이었다. 설천은 그것을 챙겨주는 의부들에게 감사한 마음이 들었다.

"너무 많은 걸 받은 것 같아. 돌아올 때 꼭 의부들 드릴 선물을 준비해야겠다."

의부들에게 받은 것도 미안했지만, 검마에게 받은 검을 태상노군에게 돌려줬다고 이야기한 것이 가장 죄송했다.

"그걸 돌려줬다고? 혹 그 노인네가 자기 검이니 내놓으라고 억지를 쓴 게냐?"

그 이야기를 한 순간 검마의 기세가 흉흉해졌다. 만약 그랬다면 당장 태상노군을 때려죽일 기세라 설천은 재빨리 부정했다.

"아뇨. 사실은 새로 얻은 검이 있어서요."

설천의 말에 검마의 얼굴에 호기심이 감돌았다.

"혹, 등에 멘 그 검 말이냐?"

설천은 뇌룡을 무명천으로 둘둘 말아 메고 있었다. 명검답게 검집에 번개 문양이 새겨져 있어 너무 눈에 뜨였기 때문이다. 검마는 사실 설천을 처음 본 순간부터 묻고 싶었다. 그러나 설천에게 해야 될 말이 많았기에 참고 있다가 기회가 생기자 눈을 반짝이며 검을 바라봤다.

"한번 볼 수 있겠느냐?"

설천은 검마의 모습에 웃으면서 검을 풀었다.

"허! 대단한 검이구나."

검마가 검집에 새겨진 번개 문양을 바라보며 감탄했다.

"어디 한번 휘둘러 볼까?"

검마는 감탄을 흘리며 검에 손을 댔다.

파지직!

그러나 검마가 손을 대는 순간 검이 뇌전을 뿌리며 거부했다.

"허, 이것 보게?"

검마는 자신을 거부하는 검에 오기가 생겨 손에 내공을 주입하고 다시 손을 뻗었다.

파직!

파지직!

뇌룡은 마치 그런 검마를 비웃기라도 하듯 더욱 강한 뇌전을 뿌려댔다.

"괜찮으세요?"

설천은 자신의 검과 기 싸움을 벌이는 검마를 걱정스러운 얼굴로 바라봤다. 걱정할 필요가 없을 정도로 대단한 검마였지만 설천은 혹 의부가 자신의 검에 다칠까 싶어 발을 동동 굴렀다.

"몸은 괜찮은데 저 녀석 때문에 자존심에 상처를 입었다."

검마가 툴툴거리며 뇌룡으로 향하던 손을 거둬들였다. 다른 검이라면 오기가 생겨 무슨 수를 써서라도 손에 쥐었을 것이다. 그러나 뇌룡은 설천의 검이고, 그 능력을 확인했으니 굳이 손에 쥘 필요가 없었기에 검마는 순순히 포기했다.

"좋은 검을 얻었구나. 내가 준 검보다 훨씬 좋아. 역시 안목이 있어."

검마가 흐뭇한 얼굴로 말했다. 설천이 스스로 자신의 검을 찾았다는 것이 대견했다. 설천은 자신을 아껴주는 의부들에게 다시금 고마움을 느꼈다.

"선물은 좋은 걸로 준비하자. 이왕이면 의부들이 각자 좋아하실 걸로 준비하는 게 좋겠어."

마림원으로 돌아가는 설천의 입가엔 미소가 걸려 있었다. 타마도 그런 주인의 기분을 알았는지 경쾌하게 달려갔다.

*   *   *

"쟁투전이라……. 이거 뜻밖에 횡재를 하게 생겼는데?"

푸른 옷을 입은 반듯한 얼굴의 공자는 무림맹에서 온 쟁투첩을 받아 들고 기쁜 표정을 지었다.

"그리 좋아하실 일만은 아닙니다."

공자의 옆에 선 총관이 조용히 입을 열었다.

"알아. 이번 일이 무림맹의 노림수일 수도 있다는 말을 하려는 거지? 그런 게 무슨 상관이야. 그런 얄팍한 속셈이야 이쪽에서 이용해 주면 되는 일 아닌가?"

공자는 손을 휘저으며 말했다. 총관의 잔소리가 지겨운 탓이었다.

"말씀은 쉽지만 그게 어디 쉽게 되는 일입니까? 게다가 이번 일을 계기로 크게 한몫 챙기시려는 거 아닙니까?"

총관의 말에 공자는 찔린 듯 잠시 주춤했다.

"당연한 것 아니야? 사파의 정신은 챙길 수 있을 때 챙기자 아니야?"

"무슨 말씀이십니까? 사파가 무슨 개방도 아니고, 챙길 수 있을 때 챙기자니요! 제발 사도련의 다음 수장이 되실 분이라는 걸 잊지 마시기 바랍니다."

총관의 말에 사도련의 후계자인 사무진은 귀를 후비적거렸다.

"그거야 당연히 잊지 않았지. 그걸 잊지 않았으니까 이런 답답한 곳에 처박혀 후계자 수업을 받고 있는 거 아니야?"

"공자님!"

"귀청 떨어지겠네. 어찌 되었든 최대한 조심하지. 그렇지만 돈벌이를 그만두라는 말은 들어줄 수 없어."

사무진의 말에 총관은 한숨을 푹 내쉬었다.

"알겠습니다. 대신 절대 들키시면 안 됩니다."

설득을 포기한 듯한 총관이 사무진에게 애원하듯 말했다.

"내가 돈벌이를 하면서 들킨다고? 그럴 일은 없을 테니 염려 말라고. 그럼, 어디 슬슬 준비를 해볼까?"

"양익(兩翼)을 불러올까요?"

총관이 이젠 모르겠다는 듯 물었다. 총관의 말에 사무진이 반색을 하며 고개를 끄덕였다. 양익은 좌익과 우익의 두 날개를 뜻하는 말로, 사무진의 수하들이었다. 이들 역시 사도련의 사파인답게 여러 가지 기술(?)과 뛰어난 무공의 소유자들이었다.

"그래, 그 둘이 있어야 정보를 모을 수 있으니까."

사무진이 눈을 빛내며 말했다.

"그럼, 어디 본격적으로 돈을 벌어볼까?"

환하게 웃는 사무진의 모습이 사악해 보이는 건 총관만의 착각이 아니었다.

총관이 물러가고 일다경 후 날렵한 체구의 남자와 화사한 얼굴의 미인이 사무진 앞에 부복했다.

"부르셨습니까?"

"찾으셨다구요?"

남녀는 궁금하다는 얼굴로 사무진에게 물었다.

"그래, 요즘 뭐하고 지내냐? 내가 없으니 아주 살판났겠다?"

사무진의 비딱한 말에 남녀의 얼굴이 딱딱해졌다.

"무, 무슨 말씀이십니까? 요즘 저희는 조용히 무공에만 전념하고……."

사내가 더듬거리며 변명을 늘어놓았다.

"얼마 전에 최가장 사기 친 거 너지?"

그러나 사무진은 콧방귀를 뀌며 말했다.

"최가장이 어디 있는 건지도 모릅니다."

사내가 딱 잡아떼며 말했다.

"그래? 네가 아니다? 웃기는 소리! 번 돈 중에 삼천 냥 내놔."

사무진은 듣기 귀찮다는 듯 손을 까딱이며 말했다.

"끙. 죄송합니다. 번 돈이 이천밖에 안 됩니다."

사무진의 말에 사내는 그제야 사색이 되어 순순히 털어놨다.

"알았어. 그럼 오천 냥 내놔. 네가 부정하면 할수록 가격은 올라가는 거 알지?"

사무진이 손을 내밀고 팔랑팔랑 흔들었다.

"큭! 너무하십니다. 최가장을 털기 위해 들인 노력과 시간이 얼마인데……."

"닥쳐! 누가 그렇게 시끄럽게 일을 벌이래? 내가 늘 강조했지. 일은 은밀하고 신중하게, 그리고 사냥감이 당한 건지도 모를 정도로 비밀스럽게 처리해야 한다고!"

사무진은 사내에게 날카로운 시선을 던지며 말했다.

"큭!"

사내는 사무진의 말에 고개를 떨어뜨리고 어깨를 떨었다.

"공자님, 불쌍하니 너무 꾸짖지 말아주세요."

여인은 사내의 모습에 고소하다는 듯 웃으면서 말했다.

"하? 네 입에서 그런 말이 나와? 넌 점창파의 제자를 건드렸다면서? 그 남자가 나중엔 제발 버리지만 말아달라고 매달렸다며?"

사무진의 말에 여인의 안색이 딱딱하게 굳었다.

"이런 것들을 양익이라고 추켜세우고 있으니 사파의 앞날이 암울해."

사무진의 말에 두 남녀의 얼굴이 어두워졌다.

"도대체 어떻게 저희가 벌인 일이라는 걸 아신 겁니까?"

양익 중 사기와 언변에 능한 우익이 변명하듯 말했다.

"뻔한 것 아니야? 장보도라니, 지금 장난해? 이런 구닥다리 수법으로 잘도 속여넘겼군."

전설의 도적인 무영신투의 장보도를 들먹여 사기를 친 우익의 행태를 비웃으며 사무진이 냉정하게 말했다.

"억울합니다. 그 가짜 장보도를 만드는 데 얼마나 공을 들였는데요. 사실 공자님이나 되시니까 눈치채신 겁니다."

"내가 단번에 눈치챌 정도로 허술한 방법으로 일 처리를 하고 지금 잘했다는 건가?"

"하지만 공자님은 만궤자 어르신도 속인 분 아닙니까?"

우익이 변명하듯 말했다. 만궤자(萬詭者). 사도련의 련주이자 사무진의 스승인 만궤자는 만 명의 사람을 속였다 하여 그리 불렸다. 그런 만궤자를 속일 정도로 사무진의 실력은 남달랐다.

"난 그 점이 마음에 들지 않아."

"네? 그게 무슨 말씀이신지?"

"사파가 추구하는 것은 실익. 정파처럼 정의를, 마교처럼 힘을 추구하지도 않아. 그런데 이익을 얻기 위해선 세상 모두를 속일 각오를 해야 하는 거야. 그런데 뭐라고? 사부님도 속인 나니까 들킬 수밖에 없다? 그런 정신으로 일을 벌이니까 이런 것밖에 만들 수 없는 거야."

사무진의 손에는 어디서 구했는지 누런 종이 한 장이 들려 있었다.

"그건 도대체 어디서 구하신 겁니까?"

우익의 얼굴이 하얗게 질렸다. 사무진의 손에 들린 것은 자신이 만든 가짜 장보도였다.

"그게 문제가 아닐 텐데? 이게 공을 들인 장보도란 말이군. 종이와 서체까지는 그렇다고 쳐도 이백 년이 넘은 장보도가 좀이 전혀 슬지 않았군."

사무진의 지적에 우익이 허를 찔린 듯한 얼굴을 했다.

"그, 그건……."

"이런데도 잘도 속여넘겼군."

사무진이 한숨을 내쉬며 말했다.

"죄송합니다. 앞으론 좀 더 주의하겠습니다."

우익이 고개를 숙이며 말했다.

"그리고 좌익."

우익의 잘못을 모두 지적하고 난 사무진은 여인에게 고개를 돌렸다.

"네, 공자님."

좌익은 긴장한 얼굴로 대답했다.

"내 누누이 말하지 않았나? 돈은 뺏어도 살아갈 마음까지 송두리째 빼앗지 말라고 이야기했을 텐데?"

"그것이……."

좌익은 사내를 홀려 재산을 빼앗는 방법이 특기였다. 그러나 문제는 좌익에게 당했다는 것을 알아차리고도 그녀에게 목을 맨다는 사실이었다.

"뭐, 좌익의 일 처리 방식은 잘 알고 있어. 일하는 동안은 진정한 연인이 되어주는 것. 그래, 뭐 자신만의 방법으로 하는 건 좋지만, 하지만 전처럼 상사병으로 죽는 건 곤란해."

좌익은 등에서 식은땀이 솟았다. 전에 작은 상단의 소문주

하나를 속여 꽤 큰돈을 번 적이 있다. 그러나 문제는 그녀가 떠나고 난 후 그가 상사병으로 죽어버렸다는 사실이다. 그 이야기를 들은 사무진은 그녀를 불러 호되게 야단쳤다.

"사파는 실익을 추구하는 곳이야. 그런 곳에서 여기저기 적을 만들고 다닌다면 제명에 죽지 못해. 돈은 훔쳐도 상관없지만, 사람의 마음까지는 훔치지 마."

좌익은 그 말이 무슨 뜻인지 당시엔 이해할 수 없었다. 그러나 몇 달 뒤 상사병으로 죽은 소문주의 원수를 갚고자 자객이 찾아오자 사무진의 말을 이해할 수 있었다.

"이 요녀! 너 때문에, 너같이 사특한 것 때문에 형님께서 돌아가셨다!"

자객은 목숨을 도외시하고 달려들었다. 자객의 칼엔 증오와 원망이 가득 담겨 있었으나 조잡한 실력이었다. 손쉽게 자객을 사로잡은 좌익은 그를 죽이고자 했으나, 사무진의 만류로 죽일 수 없었다.

"그 자식 죽이지 말고 돌려보내. 저 녀석을 죽이면 다른 녀석들이 더 올 거야. 그리고 계속 죽이면 그 수가 점점 불어나겠지. 뭐, 항상 자객의 방문을 받고 싶다면 말리지 않겠어. 하지만 그게 싫다면 잘 타일러서 돌려보내."

좌익은 사무진의 말에 사내를 풀어줄 수밖에 없었다. 왜 자신의 목숨을 노린 자를 살려줘야 하는지 좌익은 이해할 수 없었다. 게다가 놓아준다면 다시 자신의 목숨을 노릴 텐데 과연

옳은 일인지 걱정스럽기도 했다.

"이봐, 당신! 정신 차렸으면 돌아가라고. 그리고 앞으론 형님이 사랑했던 여인에게 검을 휘두르는 못난 짓은 그만두도록. 댁의 형이 자신의 정인에게 검을 휘두른 걸 알면 지하에서도 눈을 못 감을 거야."

"크윽!"

사무진의 말에 좌익에게 검을 휘둘렀던 남자는 눈물을 삼키며 돌아갔다. 좌익은 얼떨떨한 표정으로 사무진을 바라봤다.

'확실히 그릇이 다른 분이야. 우리가 돈을 훔치는 것에 연연한다면 이분은 세상을 훔칠지도 모른다.'

좌익은 사무진의 깔끔한 일 처리에 혀를 내둘렀다. 단 한마디로 자신을 죽이려던 사람이 깨끗하게 포기하게 만든 그의 능력에 새삼 감탄한 것이다.

"죄송합니다. 앞으론 주의하겠습니다."

그 사건 이후로 자신을 맹목적으로 사랑할 순진한 남자보다는 여자를 밝히는 녀석들에게 사기 치는 걸 주로 했던 좌익이다.

"그래, 앞으론 주의하라고. 그럼 새로운 건수가 생겼으니 우선 자료 조사부터 해볼까?"

사무진은 흥흥하게 잘못을 지적하던 모습을 단박에 버리고 유쾌하게 말했다.

"어떤 일을 하실 겁니까?"

"음, 별건 아니야. 돈 덩이들이 정파로 잔뜩 모여들 거 아니야? 그러니 오랜만에 손재주 좀 부려볼까 하고."

사무진의 말에 좌익과 우익의 얼굴에 경악한 표정이 떠올랐다.

"설마 쟁투전에 참가하는 자들을 상대로 기술을 사용하실 건 아니겠죠?"

우익이 설마 아니겠지 하는 투로 물었다.

"왜 아니겠어. 이런 기회를 놓치면 사파 사람이라 할 수 없지."

사무진의 태평한 말에 두 남녀의 얼굴에 경악한 빛이 떠올랐다.

"하지만 이번엔 강호의 고수들이 한자리에 모입니다. 만약 문제가 생기면 일이 커질 텐데요?"

좌익이 차분한 음성으로 말했다.

"뭐, 문제도 들켜야 생기는 거 아닌가? 문제가 생길 걸 염려해서 굴러들어 오는 기회를 마다할 순 없지."

둘의 근심을 무시하고 사무진이 태평하게 말했다. 사무진은 사파다운 생각으로, 쟁투전에 참가하는 자들과는 사뭇 다른 전의를 다졌다.

"다 쓸어 담아주겠어!"

第八章

무림맹으로!

마도
공자

동평의 인솔하에 움직이는 흑풍 마림원 학생들의 얼굴엔 홍분과 열기가 어려 있었다.

　"천산을 나오니 기분이 어때?"

　백운이 설천에게 물었다. 저 멀리 사라지는 천산의 모습에 설천도 꽤나 감상적인 기분이 들었다.

　"아직은 얼떨떨해."

　"하긴, 넌 천산을 벗어난 게 처음이지?"

　백환도 설천의 옆에서 말을 몰며 물었다.

　"응."

　설천은 얌전하게 안장을 얹고 굴레와 고삐를 맨 타마를 쓰다듬으며 말했다. 말 타기가 번거로운 학생들은 모두 마차를 타고 있었다. 그러나 설천은 이번 기회에 승마 기술을 높이고 타마의 기분도 풀어줄 겸 해서 마차를 마다하고 타마를 타고 있었다.

그리고 설천의 어깨 위엔 흑야왕이 무슨 일이 생기면 꼭 연락을 넣으라는 신신당부와 함께 떠넘긴 천뢰가 조용히 앉아서 깃털을 고르고 있었다. 타마는 설천의 어깨에 앉은 천뢰가 마음에 들지 않는지 처음에는 푸르릉거리다가 설천이 겨우 달래놓은 차였다.

"타마 녀석, 의외로 조용하네."

멋진 검은 말을 탄 나계환이 신기하다는 듯 타마를 흘끔거리며 말했다. 흑풍 마림원 학생들의 말은 하나같이 검은 빛이 감도는 말들이었다. 게다가 풍기는 기운 또한 대단했다. 그 말을 구해준 것은 흑야왕이었는데, 알고 보니 전마각의 전투마를 대여해 온 것이었다.

설천은 그런 게 가능한가 싶어 고개를 갸웃거렸다.

"하하하, 내가 누구냐?"

"제 사부님이시죠."

한껏 거드름을 피우는 흑야왕의 모습에 설천이 당연하다는 듯 말하자 흑야왕은 더 기뻐했다.

"그래, 내가 바로 네 녀석 사부 아니냐. 그러니 밖에 나가서 꿀리는 일은 없어야 할 것 아니겠냐?"

혹야왕의 말인즉 밖에서 꿀리지 않게 전마각에서 전투마를 빌려온 것이란다.

"하지만 전마는 함부로 대여가 안 되는 말 아닌가요?"

"당연하지! 나니까 가능한 거 아니겠냐?"

설천은 잠시 고민하다가 혹야왕이 전마각의 부각주라는 걸 떠올렸다.

"나중에 스승님이 곤란해지시는 건 아니겠죠?"

설천이 의심스럽다는 듯 물었다.

"이깟 일로 내가? 천마신교를 깔보지 못하도록 전마를 내줬다고 상이라도 내리면 모를까 내가 곤란해져? 그럴 리가."

혹야왕이 말도 안 된다는 듯 콧방귀를 뀌었으나 사실 큰 문제가 될 수도 있는 일이었다. 그럼에도 혹야왕이 이렇게 호기로운 소리를 할 수 있는 건 순전히 이 전마들이 그가 개인적으로 사육해 온 말들이기 때문이다. 자세한 사항을 모르는 설천이야 걱정했겠지만 혹야왕은 혹풍 마림원의 학생들, 좀 더 포괄적으로는 자신에게 사사하는 학생들이 정파 녀석들에게 꿀리는 걸 보고 싶지 않았다.

"너희는 강호 초출이니 기선 제압이 얼마나 중요한지 모를 게다."

혹야왕이 설천에게 중요한 이야기를 하듯 말했다.

"무식하게 검만 휘두르는 녀석들이야 차림새가 뭐가 그리 중요하냐고 떠들겠지만 일단 마인이라는 것과 흑풍 마림원 소속이라는 걸 알려두면 귀찮은 일의 대부분은 피할 수 있을 게다."

흑야왕의 말에 설천과 나계환 등은 무슨 소리인지 이해할 수 없었다. 그러나 천산을 벗어나 처음 묵게 될 마을에 들어서자 그 뜻이 무엇인지 금방 알아차릴 수 있었다.

"마인이다!"

"저 깃발은! 흑풍?"

"그럼 저 일행이 마인 중에서도 가장 잔인한 마인만 배출한다는 흑풍 마림원?"

설천과 일행은 주변에서 웅성거리는 소리를 들을 수 있었다.

'하긴 이 차림이 눈에 띄지 않으면 이상한 게지.'

설천은 흑풍 마림원을 나타내는 검은 바람이 수놓아진 무복을 입은 일행을 돌아보며 혀를 찼다. 사실 가장 눈에 띄는 일행은 엄청난 기세를 뿜어내는 검은 말을 타고 있는 자신과 친구들이었지만 그걸 알아차리지 못하는 설천이었다.

흑풍 마림원의 학생들이 움직이자 마치 썰물처럼 주변의 사람들이 물러났다.

"왜 흑야왕 사부님이 굳이 전마를 타고 가라 하셨는지 알 것 같은데?"

나계환이 우습다는 듯 쿡쿡거렸다.

"이거 재미있는데?"

유은수도 사람들의 창백하게 질린 얼굴이 재미있는지 주변을 한번 쓰윽 훑어보는 놀이에 빠져 있었다. 유은수와 눈이 마주친 사람은 마치 당장에라도 죽어버릴 듯 온몸을 부들부들 떨며 자리에 주저앉아 버리는 기행이 벌어지고 있었다.

"대충 해둬. 별로 재미도 없어 보이는 데 뭘 그리 신나해."

설천이 친구들을 말렸다.

"쳇! 재미없는 녀석."

시선으로 사람들을 굴복시키던 유은수가 김샌다는 표정으로 눈에 힘을 풀었다.

"그런 거 재미 들렸다가 천산으로 돌아가면 심심할 텐데?"

설천이 놀리는 어조로 물었다.

"하긴, 여기랑 천산은 다르니까 주의하는 것도 좋겠지."

백운이 침착한 어조로 말했다. 그러나 다른 학생들은 홍조를 띠고 흥미로운 얼굴로 주변을 살피고 있었다. 삼십 년 만에 처음으로 마인이 무림맹의 초청을 받아 공식적으로 천산을 나온 것이다. 자칫 잘못했다가는 대형사고로 이어질지도 모른다.

"객잔에 짐을 풀면 주변 구경이라도 할까?"

설천이 가벼운 어조로 말했다.

"그렇게 긴장하지 않아도 돼. 간만에 과제와 수련에서 벗어났으니 조금은 여유를 가져 보는 것도 좋겠다."

설천이 빙긋 웃었다. 백운은 뭐든 완벽하게 해야 한다는 긴장감 속에서 움직이는 자신에게 여유를 주고자 설천이 제안한 것을 알아차리고 딱딱하게 긴장한 어깨를 풀었다.

"그래도 될까? 하지만 여긴 적지인데……."

백운이 말꼬리를 흐리며 주변을 두리번거렸다. 천산과는 다른 풍경에 백운의 눈동자에도 궁금하다는 호기심이 일렁였다.

"괜찮아. 일단은 공식적인 손님이니까 대놓고 적대시하진 않을 거야."

대답하는 설천의 얼굴에도 호기심이 가득했다.

설천의 말이 옳았는지 무림맹을 상징하는 맹(盟) 자가 새겨진 무복을 입은 자가 천천히 설천과 일행 앞으로 다가왔다.

"마교에서 온 자들인가?"

사내의 말에 설천을 비롯한 학생들의 얼굴이 모두 찡그려졌다. 공식적인 초청을 받은 손님에게 할 말투가 아니었다.

"다시 말해봐라."

사내의 말에 대꾸한 것은 얼굴이 일그러진 동평이 아니라 천우룡이었다. 살기가 담긴 말에 설천의 인상이 딱딱해졌다.

[저 사내가 죽는다에 닷 냥 걸겠어.]

나계환이 장난스러운 어투의 전음을 설천과 친구들에게 날렸다.

[그럼 나는 반만 죽는다에 열 냥.]

유은수가 히죽 웃으며 전음을 보냈다.

[다들 그만둬. 우선 말려야겠어.]

설천은 무시무시한 기세를 뿜어내는 천우룡의 모습에 위험하다는 것을 본능적으로 알아차렸다. 정세에 무심한 설천이 전해 들은 천우룡의 집안싸움은 무시무시했다. 그 때문인지 천우룡은 삼 년 만에 교주에 버금가는 기세를 뿜어냈다. 그 기세에 말려야 할 동평까지 난처한 얼굴로 입을 뻐끔거리고 있었다.

"정파는 초청한 손님에게 무례하게 굴어도 되는 겁니까?"

설천은 천우룡이 정파의 사절을 죽이기 전에 말리는 게 좋겠다 싶어 앞으로 나서며 가라앉은 목소리로 물었다.

"손님? 무례?"

정파에서 파견된 사내는 어이없다는 듯 물었다.

"그럼 어째서 마교라 부르며 함부로 묻는 겁니까? 우린 엄연한 천마성신을 섬기는 천마신교의 교인들로, 무림맹의 손님으로 온 것이오."

설천이 당당하게 사내를 노려보며 말했다. 존댓말을 꼬박꼬박 쓰던 설천의 말투는 점점 하대로 바뀌어갔다. 남을 배려하고 존중할 줄 아는 설천이었지만 자신과 흑풍 마림원의 학생들에게 적의를 가진 자에게까지 예의를 차릴 정도의 아량은 없었다.

설천도 천마신교의 가치관 속에서 성장해 왔고, 초대받은 손님에게 저리 함부로 구는 자에게 자비를 베푸는 마인은 없었다. 화가 난 설천의 모습은 친구들에게도, 동행한 마림원의 학생들에게도 흥미로운 일이었다.

'천산을 벗어나자마자 정파와 문제를 일으키는 건 절대 안 돼! 쟁투전 우승 같은 건 관심없지만 많은 학생들의 기대를 무너뜨릴 순 없어.'

열기와 흥분으로 빛나는 친구들과 학생들, 그리고 흥분해서 마치 자신의 일인 양 들떴던 사부들의 모습이 차례로 떠올랐다. 그 모두의 염원을 천우룡이 박살 낼까 싶어 설천이 부랴부랴 나선 것이다.

천우룡은 자신과 무림맹의 사자 사이에 끼어든 설천의 모습에 불쾌한 듯 얼굴을 굳혔다. 그러나 생전 처음 보는 설천의 화난 모습에 천우룡도 흥미를 느꼈다.

마림원 입학시험 중 동굴에 갇히는 절체절명의 사건 앞에서도 이상할 정도로 태연했던 녀석이다.

'날 말리려는 건가?'

천우룡은 혹 설천이 나선 이유가 무림맹 사절의 안전을 위해서가 아닐까 싶었다.

'가끔 장단을 맞춰주는 것도 좋겠지.'

교주의 후계자 자리를 놓고 혈육끼리의 골육상쟁을 거친 천우룡은 무공도 무공이지만 상대방의 의도를 짐작하고 유추

하는 것에 능숙해졌다.

'어차피 무림맹의 사절을 죽일 생각은 없었으니 이쯤에서 물러날까?'

천우룡은 설천이 끼어든 것은 기분이 나빴지만, 자신과 마림원 학생들의 생각을 대변해 줬기에 순순히 설천이 하는 양을 지켜보기로 했다.

설천은 천우룡의 살벌한 기운이 누그러지자 안도의 한숨을 내쉬었다.

'다행이군. 나까지 덤으로 같이 죽이려고 나서면 어쩌나 했는데 말이야.'

설천은 살기가 사라진 천우룡 때문에 안도했지만, 무림맹에서 파견된 사자의 안색은 하얗게 질렸다.

'마인들이 이렇게 정식으로 따져 올 줄이야. 잘못하다간 정파가 마교보다 손님 접대에 예의가 부족하다 소문이 날지도 모른다.'

수틀리면 그저 검을 휘두르는 무식한 면만 생각한 자신의 실수에 혀를 찼다. 정마대전이 있은 지 삼십 년이 흘렀건만 아직도 마인에 대한 부정적인 견해가 은연중에 나타난 것이다.

"흠, 무례를 용서하시오."

사내가 설천의 조리있는 말에 꼬리를 말았다.

[역시나 정파라 그런지 네 말이 잘 먹히는데?]

백운이 재미있다는 듯 말했다. 설천 특유의 기운은 다른 사람에게 고개를 끄덕이게 만드는 힘이 있었다.

"그럼 그 무례를 보상할 성의를 보여주시는 건 어떨까요?"

설천의 말에 사내의 얼굴이 사색이 되었다. 그러나 흑풍 마림원 학생들은 환한 얼굴이 되었다.

[역시 설천이야!]

백운의 전음에 설천이 비죽 웃었다.

"저희를 진정한 손님이라 여긴다면 이런 곳에서 묵도록 해주시는 건 어떨까요?"

"하, 하지만 예산이……."

무림맹의 사절은 죽을 맛이었다. 맹에서 나온 예산이야 빤했다. 마교를 탐탁지 않게 여기니 대접이나 접대에 관한 예산이 턱없이 짧던 것이다.

그럼에도 보이지 않는 기세로 최고급 객잔을 턱짓으로 가리키는 사악한 마인(설천) 때문에 무림맹의 사절은 눈물을 머금고 최고급 객잔에 여정을 풀었다.

"손님 접대는 음식에서 알아볼 수 있는 게 아니겠습니까?"

짐을 다 풀고 식사를 위해 모여든 마인들이 무림맹의 사절을 빤히 바라보고 있었다. 무림맹의 사절은 도대체 왜 나를 바라보는 건가 싶어 어리둥절해 있다가 웃음을 띠며 다가온 극악무도한 마인(설천)의 말에 주머니를 탈탈 털리게 되었다.

'크윽! 내가 마인에게 꼬투리가 잡히다니!'

무림맹의 사절은 피눈물을 뿌리며 최고급 요리를 마인 일행에게 대접했다. 그는 이미 예산을 한참 벗어난 초호화판 접대를 하고 있었다. 물론 예산을 벗어난 대금은 그의 주머니에서 빠져나가고 있었다.

　결국 그는 고급 음식을 마구 퍼먹는 마인들의 모습에 피눈물을 흘리며 자리를 떴다. 자신의 피 같은 돈으로 즐기는 마인들의 모습을 더 이상 지켜볼 수 없었던 것이다.

　"큭큭큭!"

　"후후후!"

　"푸하하!"

　설천과 친구들은 음식을 먹다가 기괴한 웃음을 터뜨렸다.

　"아까 봤냐, 그 표정?"

　"억울해 죽을 것 같다는 얼굴 말이지."

　"아, 그 남자, 차라리 천우룡 손에 죽는 게 더 나았을 거야. 앞으로 설천이한테 뜯길 걸 생각하면 정말 불쌍한 것 같아."

　유은수가 킥킥거리며 동파육을 집어 들었다. 사실 마림원 학생들이 보기에 설천은 심하게 노동 착취당하는 것처럼 보였지만 사부들을 조율하고 화합시킨 것도 설천이었다. 심지어 전마각에서 흑야왕이 필요할 때는 설천을 먼저 찾을 정도로 사부들을 쥐락펴락했다.

　괴팍한 사부들을 움직일 정도라면 정파에서 파견된 사절 따위는 상대도 되지 않았다. 아마 뼛속까지 설천에게 털릴 것은 불을 보듯 뻔했다.

설천은 자신의 사람에겐 관대했지만, 자신이 아끼는 사람들에게 위협이 된다 싶으면 절대 용서하지 않았다. 그러니 흑풍 마림원의 학생들을 홀대하려던 무림맹 사절의 앞날은 암울해 보였다.

천산을 나서자마자 정파의 사절을 검 한번 뽑지 않고 제압한 설천이 있다는 사실도 모른 채 사무진은 쟁투전에 참가하는 무인들에게 기술을 써서 짭짤하게 돈을 챙기고 있었다.

'흠, 생각보다 정파는 소지품이 약소하군.'

당문 제자의 품에서 쓸 만한 암기 하나를 훔쳐 낸 사무진은 혀를 찼다.

'실수야. 무인들은 돈보다 무기에 투자를 많이 한다는 걸 깜빡했어.'

쟁투전을 위해 꽤 두둑한 돈을 챙겨 나올 것이라 예상했는데 무인들이라 그런지 돈보다는 귀한 무기들을 소지하고 있었다. 무기를 훔치면 번거롭게 중간에 장물을 취급하는 자의 손을 거쳐야 하니 여간 번거로운 게 아니었다.

'정파는 수확이 별로 없군. 하긴, 정파 녀석들이야 원래 씀씀이가 쪼잔했지.'

사무진은 혀를 차다가 곧 세외와 마교도 있다는 사실에 자위했다. 그리고 도착한 마교의 일행을 쓱 훑어봤다.

'대어는 저 소녀인가?'

식사를 마치고 구경 삼아 마림원 학생들이 우르르 몰려나오자 사무진의 눈동자가 번뜩였다. 무림맹의 사절이 마인들에게 꼬투리가 잡혀 톡톡히 망신당했다는 사실을 알았다면 분명 경계했을 테지만, 방심하고 있던 그의 비극의 서막이었다.

사무진이 주시한 소녀, 은아는 천산과는 완전히 다른 장의 분위기에 넋을 놓고 구경하느라 바빴다. 여러 종류의 무기에도 마음이 뺏겼지만, 그보다는 장신구와 옷에 먼저 눈길이 가는 건 어쩔 수 없었다.

'흠, 저런 소녀가 흑풍 마림원의 학생이라고? 의외인데?'

물건에 넋을 잃고 있는 허술해 보이는 은아의 모습에 사무진은 잠시 머뭇거렸다.

'저래 보여도 마인 아닌가? 방심은 금물이야.'

사무진은 마음을 가다듬고 천천히 은아에게 다가갔다.

설천이 이상한 기운을 느낀 것은 바로 그때였다.

'저 사람, 뭔가 이상한데?'

친구들과 무기를 구경하던 설천에게 주변과는 이질적인 움직임의 사무진이 포착되었다. 눈에 띄는 얼굴도 아니었고 특별한 기운이 느껴지는 것도 아니었다. 그럼에도 사무진의 모습이 주변과는 달리 눈에 확 띄었다. 게다가 그가 다가가고 있는 쪽에는 은아가 넋을 잃고 물건을 구경하고 있었다.

'그냥 두면 안 되겠어.'

설천은 무언가 위험한 낌새를 느끼고 사무진에게 다가갔다.

'혹 모르니 야수안을 개안해 두는 게 좋겠다.'

설천은 특이한 기도를 가진 사무진의 몸을 살폈다.

'음? 별다른 건 없는데?'

그럼에도 설천은 의심의 눈길을 거둘 수 없었다. 설천이 사무진에게서 꺼림칙한 기운을 느낀 것은 곤륜정을 중륜정까지 타통했기 때문이다. 기감 외에 사람이 풍기는 느낌이나 움직임을 바로 알아차릴 수 있는 것도 곤륜정 덕분이었다.

'저건!'

순간 설천은 은아의 품에서 자그마한 전낭을 빼내는 사무진의 모습을 똑똑히 볼 수 있었다. 설천은 급한 김에 사무진 쪽으로 다가갔다. 그때였다. 사무진과 설천의 눈이 마주쳤다. 설천이 사납게 사무진을 노려보자 사무진이 싱긋 웃어 보였다.

'하아? 그렇게 나온다 이거지?'

설천은 너무도 당당한 사무진의 모습에 어이가 없었다.

'어디 언제까지 그리 뻔뻔하게 구는지 한번 볼까?'

설천은 오기가 생겨 사무진의 품으로 손을 뻗었다. 사무진은 특유의 뻔뻔함으로 자신의 절도 행각을 눈치챈 설천에게 빙긋 웃어 보였다. 그러나 속으로 꽤나 당황하고 있었다.

'도대체 어떻게 알아챈 거지?'

한 번도 들킨 적이 없는 고난도의 기술이다. 아무리 고절한 무공을 가진 사람도 사무진이 작정하고 훔치고자 하면 아무도 눈치채지 못했기에 더더욱 당황한 것이다. 더군다나 사무진이 빙긋 웃어 보이자 눈이 가늘어진 설천이 사무진에게 손을 뻗어와 깜짝 놀랄 수밖에 없었다.

'이 녀석, 또 뭘 하려고!'

사무진은 뒤로 재빨리 물러섰으나 설천도 그에 못지않게 빠른 신법으로 사무진에게 바싹 다가왔다. 경악하는 사무진에게 손을 뻗은 설천은 봉마곡에서 배운 금나수법으로 사무진의 품 안에 갈무리되어 있는 전낭을 낚아챘다.

'이 녀석이!'

자신의 기술에 무한한 자부심을 가지고 있던 사무진은 설천의 고절한 금나수법에 넋을 놓고 있다가 이를 갈며 설천의 손에 들린 전낭을 다시 낚아챘다.

'이자가!'

설천은 자신이 뺏은 전낭을 다시 낚아채는 사무진의 수법에 혀를 찼다.

'수법(手法)으론 당할 수가 없겠어.'

설천은 사무진의 손에서 다시 전낭을 뺏어 들기 위해 여러 가지 수법을 써봤다. 그러나 사무진이 무슨 방법을 쓰는 건지 몰라도 마치 손에 담은 물처럼 교묘하게 빠져나갔다.

'할 수 없군. 본격적으로 움직이는 수밖에.'

설천은 될 수 있으면 문제를 조용히 처리하려 은밀하게 움직였다. 천산을 벗어나 처음으로 발을 디딘 강호는 마인에게 적대적이었다. 비단 무림맹의 사절뿐만 아니라 일반인이나 무인들까지 마인을 꺼리는 모습이었다.

'마인을 싫어하는구나. 될 수 있으면 오해를 일으키는 상황은 만들지 않는 게 좋겠어.'

왜 마인을 싫어하는지 설천은 잘 알 수 없었으나 이번 쟁투전은 친선 시합이라는 것과 처음으로 나온 강호행이 엉망이 될까 꽤나 조심하고 있던 차다.

그러나 눈앞에서 마림원 학생의 돈을 훔치는 행동을 그냥 지나칠 순 없었다. 게다가 그 도둑은 너무도 당당했다. 설천은 이를 사리물고 주먹을 쥐었다. 무시무시한 기세가 설천의 몸에 피어올랐다.

"어라? 본격적으로 해보자 이건가? 좋아, 덤벼보라고. 역시 마인이라 이건가?"

사무진이 웃으며 설천에게 손짓을 했다. 무슨 일인가 싶어 설천과 사무진을 바라보던 사람들이 놀라서 화들짝 물러섰다.

"마인이라니!"

"세상에!"

사무진과 설천 주위에 있던 사람들이 분분히 물러났다.

'이자가!'

설천은 사무진이 일부러 자신이 마인이라 떠벌렸다는 걸 알아차렸다.

"설천아!"

"무슨 일이야?"

백운과 친구들은 설천이 사무진의 수상한 낌새를 눈치채고 움직인 후에도 설천이 사라진 것을 모를 정도로 구경에 열중해 있었다. 그러다가 주변에서 웅성거리는 사람들의 이야기를 듣고 헐레벌떡 달려온 것이다.

"내가 알아서 할 테니 너희는 절대 나서지 마."

설천은 혹 친구들이 휘말릴까 싶어 만류했다.

"무슨 일인데?"

"저자가 우리 마림원 학생의 돈을 훔쳤어."

"뭐라고?"

"이 자식!"

"당장 돌려주고 용서를 빌어라!"

"죽으려고 작정했군."

설천의 말에 친구들은 다양한 반응을 보였다.

"하지만 저자가 순순히 인정하지 않아서 곤란하던 차야. 게다가 여기 사람들은 모두 우리 적인 것 같아."

설천이 한숨을 내쉬며 말했다. 설천의 말에 백운과 친구들은 주변을 살폈다. 구경하는 사람들은 대놓고 적대시하진 않았지만 수군거리는 모습이 모두 마인이라는 소리에 인상을 찡그리는 것 같았다.

"좋아, 당신이 누군진 모르겠지만 검을 뽑진 않겠다."

설천은 능글거리며 웃고 있는 사무진에게 선언하듯 말했다. 늘 상대에게 존댓말을 쓰던 설천이지만 도둑에게까지 예의를 차릴 생각은 없었다.

"호오? 검을 뽑지 않으면 어쩌시겠다는 거지?"

사무진은 태연하게 웃으며 말했다. 그러나 이미 설천에게 자신의 능력을 간파당한 데다가 훔친 물건까지 한번 빼앗겼다. 사도련 최고의 기재이자 소련주인 자신의 자존심을 설천이 건드린 것이다.

"당신의 그 재주, 꽤 특이한 것 같은데 그 손재주를 이겨주지."

설천의 말에 사무진은 당황을 넘어서 황당함을 느꼈다.

"이 몸의 손재주를 네가 이겨주겠다?"

"그래. 무슨 수를 쓴 건지 모르겠지만, 내가 그 전낭을 돌려받으면 순순히 물러가라고."

"설천아, 무슨 소리야? 그냥 돌려보낸다니……. 천마신교 사람에게 시비를 걸면 어떻게 되는지 본보기를 보여줘야 해."

백운이 다급하게 말했다. 강호에서 배타시되는 천마신교인이다. 때문에 절대 무르게 보여서는 안 된다. 그런데 설천이 순순히 보내주겠다니 그건 안 될 말이었다.

"싸우러 온 것이 아니잖아. 우린 정파의 초대로 온 손님이야."

설천의 말에 백운은 입을 다물었다. 알고 있는 사실이지만 천마신교인의 주머니를 털고 저렇게 태연자약하다니 자신이라도 혼내주고 싶었다.

'설천이가 그냥 보내준다면 내가 손을 써도 되겠지.'

"따로 손을 쓰는 건 안 돼. 저자는 만만한 상대가 아니야."

설천의 긴장한 듯한 목소리에 백운의 눈이 커졌다. 누굴 만나든 한 번도 긴장한 적이 없던 설천이었다. 그런데 설천의 긴장한 듯한 목소리에 백운까지 놀랐다.

"알았다. 우리는 혹 모를 상황에 대비하고 있겠다."

백운 대신 백환이 나서며 주위를 바라봤다. 주변에서 수군거리고 있던 사람들이 백환의 눈초리에 주춤주춤 물러섰다.

"이거 정말 대단한데. 말 한마디로 좌중을 휘어잡다니…….
꽤나 능력이 있나 봐?"

사무진이 설천의 말에 순순히 물러나는 백운과 친구들을 보고 히죽거렸다.

"내가 능력이 있는 게 아니라 날 신뢰하는 것뿐이야."

설천이 담담하게 말했다.

"그래? 널 그 정도로 믿는단 말이군. 하지만 안됐어. 이번 엔 절대 네 말대로 되지 않을 거니까."

"길고 짧은 건 알아봐야겠지. 검은 뽑지 않기로 했으니 전 낭을 뺏는 사람의 말에 따르기로 하지. 어때?"

설천이 사무진을 바라보며 물었다.

"좋아. 어떤 무공을 익혔는지 모르겠지만 내 손기술은 꽤 나 뛰어나거든."

사무진이 히죽 웃으며 어서 덤비라는 듯 손을 까딱거렸 다.

"나중에 후회하지 말라고."

설천은 픽 웃으며 보법을 밟았다. 광전보(光電步)와 환영 보(幻影步)를 오가며 움직이는 설천의 몸은 일반인들의 눈엔 보이지도 않을 정도로 빨랐다.

팟!

어마어마한 속도로 사무진에게 쇄도한 설천은 금나수법으 로 사무진의 옷깃을 낚아챘다.

"어이쿠! 사람 죽이겠어."

사무진은 엄살을 떨며 옆으로 비켜서며 스르르 움직였 다.

'또다. 저 움직임, 뭔가 있어.'

무공으론 보이지 않았다. 단전에 있는 기의 유동이 없었기 때문이다. 설천이 직접 야수안으로 확인한 것이니 틀림없다.

'도대체 그럼 뭐지?'

설천은 금나수에서 혈조수로 바꿔 공격을 펼쳤다. 금나수법은 잡아채고 당기는 수법이었지만 혈조수는 찌르고 할퀴는 공격이었기에 좀 더 큰 움직임이 생길 것이다.

"으악! 이봐! 날 죽일 셈이야?"

설천의 공격에 사무진은 엄살을 부리며 데굴데굴 바닥을 굴렀다. 야수안으로 움직임을 정확히 파악한 설천은 사무진의 동선을 미리 파악해서 공격했다. 그런데 사무진이 괴상한 신법으로 피한 것이다.

"으악! 피다! 피!"

그러나 설천의 공격을 온전히 피하지 못하고 사무진의 얼굴에 작은 상처가 생겼다. 거기서 핏방울이 똑똑 떨어지자 사무진이 찢어질 듯 비명을 질러댔다.

"내 잘생긴 얼굴에 상처를 내다니 용서할 수 없어!"

피가 났다고 호들갑을 떨어대던 사무진은 얼굴의 핏방울을 슥 닦아내고 험악한 기세로 말했다. 좀 전까지 장난스럽던 사람의 태도로 볼 수 없었다.

'이제야 본색을 드러내는 건가?'

설천은 일부러 사무진에게 강맹한 공격을 펴부은 것이다. 만약 그렇지 않았다면 사무진은 끝까지 유들거리며 피하기만

했을 것이다. 설천은 사무진의 움직임을 자세히 살폈다. 기의 유동 없이 무공을 펼칠 수는 없다. 그러니 분명 사무진만의 특유의 방법이 있는 것이다. 그것을 알아내야 그를 제압할 수 있다.

"처음부터 진지하게 날 상대했다면 그 상처를 내지도 않았다고."

설천이 기분 나쁘다는 듯 말했다.

"그래? 이거 내가 좀 방심한 모양이야. 내 움직임을 따라올 수 있는 자가 있다니 역시 강호는 넓군. 그럼 진심으로 상대해 주지."

사무진의 말이 떨어지기가 무섭게 기세가 바뀌었다.

"그전에 진심으로 상대해 주겠다면 장소부터 바꾸지 않겠어?"

설천의 말에 사무진은 퍼뜩 정신을 차린 것 같았다. 주변엔 구경꾼들이 와글와글 몰려 있었다.

"좋아, 나도 얼굴이 팔려서 좋을 게 하나도 없거든."

설천과 사무진이 자리를 옮기려 하자 백운과 친구들도 함께 움직이려 했다.

"난 공정한 대결을 원해. 혹시 암습할지도 모르는 자들과 함께 갈 순 없어."

사무진이 백운과 친구들을 턱짓으로 가리키며 말했다.

"내 친구들은 그런 비겁한 짓은 하지 않아."

설천이 굳은 얼굴로 말했다.

"난 명예를 들먹이는 자들의 말을 믿지 않아. 그깟 명예가 밥 먹여주는 것도 아닌데 내가 왜 믿어야 하지?"

사무진의 말에 백운은 퍼뜩 떠오르게 있는지 얼굴색을 바꿨다.

"네놈, 사파로구나! 어쩐지 경박한 말투 하며 돈이나 훔치는 태도를 보아 금방 눈치챘어야 하는데……."

백운의 말에 사무진의 얼굴이 굳었다.

"너희, 정말 마음에 들지 않는군. 힘에 미친 마인들에게 그런 소리 듣고 싶지 않으니 어서 결정해. 난 너희 전부와 움직일 생각은 없어."

"좋아, 나만 간다."

사무진의 냉정한 말에 설천이 흔쾌히 대답했다.

"마설천!"

"무슨 소리야!"

"그건 안 돼!"

"이 일은 내가 해결하겠어. 그러니 믿고 기다려 줘."

설천의 말에 친구들은 조용히 입을 다물었다.

"좋아, 그럼 두 시진이야. 그 이상은 못 기다려."

백운이 결심한 듯 말했다.

"그래, 두 시진이나 걸리지 않을 테니 염려 마."

설천의 대답에 사무진의 눈초리가 가늘어졌다.

"꽤나 자신만만하군. 그 자신감도 곧 사라지게 해주지. 그럼 움직여 볼까?"

사무진의 말에 설천이 고개를 끄덕이고 경공을 시전했다.

"별일없을까?"

유은수가 멀어지는 사무진과 설천의 신형을 바라보며 걱정스러운 듯 중얼거렸다.

"아무 일 없을 거야. 대신 그 사파인의 명복이나 빌어주는 게 좋지 않을까."

백운이 걱정 말라는 듯 말했다.

"하지만 그 사파인, 특이한 보법을 펼쳤다. 그게 어떤 종류인지 전혀 짐작을 할 수 없었어."

백환이 걱정스레 말했다. 그러나 백운의 얼굴엔 흔들림이 없었다.

"정체를 알 수 없다고 설천이가 순순히 져줄 녀석 같아?"

백운이 히죽 웃으며 말했다. 백운의 말에 세 친구도 인정한다는 듯 고개를 끄덕였다.

한편 자신 때문에 설천이 싸움에 휘말리자 은아는 발을 동동 굴렀다.

'역시 나한테 마음이 있었던 거야!'

마림원에서는 바쁜 일정 때문에 늘 남루한 차림이었던 설천이 너무나 듬직해 보였다. 게다가 자신을 위해 위험을 감수했다는 사실에 은아의 얼굴이 홍시처럼 붉어졌다.

'너무 믿음직하잖아? 좋아, 나를 위해 이렇게까지 해주는데 나도 더 이상 한눈팔면 안 되겠지?'

은아의 오해는 깊어지고 있었다.

第九章
맹주령을 훔쳐라!

마도
공자

사람들이 분주하던 시장을 벗어난 사무진과 설천은 한적한 숲 속에 들어섰다.

"여기쯤이 좋겠어."

사무진의 걸음이 멈추자 설천도 발을 멈췄다.

"그럼 다시 시작해 볼까?"

설천이 천천히 기를 끌어 모으며 말했다.

"그전에 물을 것이 있는데, 정말 검을 뽑지 않을 생각이야?"

사무진이 궁금한 듯 물었다.

"그래."

설천이 덤덤하게 대답했다.

"마인치곤 특이하군. 마인은 수틀리면 모두 죽이는 게 보통 아닌가?"

사무진이 궁금하다는 듯 물었다.

"마인이 살인귀라도 되는 듯 말하지 말아줘. 그러는 그쪽도 사파인치곤 특이하군."

"뭐가 말이야?"

"사파인은 돈이라면 살인멸구도 마다하지 않는다는데 왜 들켰을 때 살수를 쓰지 않은 거지?"

이번엔 설천이 궁금하다는 듯 물었다.

"솔직히 내 작업을 알아채는 녀석이 없었거든. 그래서 호기심이 생겼지. 도대체 어떻게 알아차렸을까 하고 말이야. 그러니 꼭 알아내야겠어."

사무진이 주먹을 말아 쥐며 웃었다.

"얼마든지 상대해 주지."

설천도 지지 않고 싱긋 웃으며 기수식을 취했다. 사무진은 흐느적거리는 움직임으로 설천에게 팔을 뻗었다. 왼쪽으로 파고든 권이 설천의 얼굴을 노렸다. 설천은 재빨리 기를 둘러 팔을 교차해서 막았다.

퍼억!

그러나 사무진의 권이 작렬한 곳은 얼굴이 아니라 설천의 명치였다.

"크윽!"

미처 대비를 못한 설천의 입에서 신음이 튀어나왔다.

"이봐, 눈으로 내 움직임을 파악하려고 하면 안 되지. 좀 전에는 꽤나 재미있어 보였는데 이러면 실망인데?"

사무진이 자신의 얼굴에 난 상처를 가리키며 말했다.

"실망시켰다면 미안하군. 아마 앞으론 실망할 일이 없을 거야."

설천은 내부를 진탕시킨 사무진의 권에 꽤 놀란 상태였다.

'근력이라곤 전혀 없어 보이는데 꽤 강한 일권이다. 게다가 그 권은 내력을 진탕시키는 공격이었어. 눈에 의지해서는 저 공격을 따라갈 수 없어.'

설천은 사무진의 공격을 보고 막을 수는 없다는 걸 깨달았다. 그만큼 사무진의 공격은 빠르고 예측이 불가능했기 때문이었다.

'그럼 보지 않는다.'

설천은 괜히 눈을 뜨고 사무진을 상대했다가 보이는 것에 현혹될까 싶어 아예 눈을 감기로 마음먹었다.

"이봐, 뭐하는 거야? 그렇다고 눈을 감으면 뭐가 달라질 것 같아?"

아예 눈을 감아버린 설천을 보고 사무진은 기가 막혔다. 시각으로 자신의 공격을 파악할 수 없다고 말했더니 아예 눈을 감는 설천의 모습에 어이가 없었다.

"어서 덤벼. 눈 감은 사람을 공격하는 건 양심에 찔리나? 사파가 그런 것도 따질 정도로 양심이 있었나?"

설천의 이죽거리는 말에 사무진은 이를 부드득 갈았다. 원래 모든 사람에게는 존댓말을 꼬박꼬박 쓰는 설천이다. 그러나 사무진의 돈을 훔치고도 뻔뻔한 태도와 능글맞은 말솜씨에 똑같이 대응했다.

"당장 죽이고 싶으나 내 기술을 처음으로 알아챈 걸 높이 사서 죽이지만 않으마."

사무진의 기세가 아까보다 더욱 사나워졌다.

사무진이 보기엔 설천이 눈을 감았다고 생각했으나 설천은 야수안을 시전하고 있었다. 원래라면 눈을 뜬 상태에서 확인 가능한 기의 흐름을 지금은 피부로 느끼고 있었다. 야수안이 마치 몸 전체로 시전되는 것 같은 착각이 들 정도로 온몸의 기감이 날카롭게 반응했다.

휭!

사무진의 권이 공기를 가르며 귓가로 파고드는 걸 느낀 설천이 재빨리 고개를 젖혔다. 권에 이어 각법이 설천의 복부를 파고들었다.

팟!

설천이 몸을 뒤틀며 뒤로 물러섰다. 그렇게 수 합의 공방이 오고 갔다.

"이거 놀라운데? 눈을 감고 내 공격을 피하다니… 네 녀석,

보통 녀석은 아니었군."

설천은 여러 합을 주고받을수록 점점 기를 감지하는 능력에 익숙해졌다. 피부를 스치는 바람에 사무진이 움직이는 방향과 공격 등이 고스란히 느껴졌다.

"그래도 전부 피할 순 없을 거다."

사무진은 점점 더 빠르게 움직였다. 사무진의 공격은 초식과 투로에 따른 것이 아닌 자유로운 공격법이었다. 만약 일반 무인들이 사무진의 상대였다면 벌써 피를 흘리며 바닥에 쓰러졌을 것이다.

그러나 상대는 설천이었고, 보이는 것에 집착하지 않기 위해 눈을 감은 상태라 어떤 공격을 해오든 완벽하게 막아내고 있었다.

'이 자식, 정말 눈을 감은 건가?'

사무진은 자신의 공격을 전부 막아내는 설천의 모습에 의심스러운 생각이 들어 눈을 가늘게 떴다. 그러나 설천은 눈을 감은 상태로 마치 보이는 듯 완벽한 방어를 하고 있었다.

"공격 방법은 이게 단가?"

설천이 사무진의 팔목을 잡아채며 물었다.

"큭!"

사무진은 강하게 자신의 팔을 부여잡고 매치듯 자신을 땅에 꽂아 넣는 설천의 공격을 어깨를 탈골시켜 벗어나면서 신음을 흘렸다.

뿌드득!

"뼈를 탈골시켜서 벗어난 건가?"

설천은 자신의 금나수법에서 벗어난 사무진의 임기응변에 감탄했다. 마치 뼈가 없는 사람처럼 움직이는 사무진의 신법은 설천이 듣지도 보지도 못한 것이었기 때문이다.

"흠? 그러고 보니 그 움직임의 비밀은 뼈인 것 같군."

설천이 눈을 감은 상태에서 빙긋 웃어 보였다. 중륜정까지 타통한 설천은 기의 흐름을 읽어내는 탁월한 능력을 지니고 있었다. 그런데 지금 사무진이 무리하게 뼈를 탈골시킨 순간 뼈에서 기의 움직임을 포착해 낸 것이다. 탈골된 부분에서 사무진의 단전에 자리 잡은 기와는 다른 종류의 기가 감지되었다.

"보아하니 뼈를 자유자재로 움직일 수 있는 모양이야. 그렇지만 움직이는 범위는 관절이 허락하는 범위 안에서겠지? 아까 공격은 피할 수 없었고, 그래서 무리하게 뼈를 뒤틀어 피한 것이겠지."

사무진은 설천이 하나하나 자신의 무공을 파헤치는 것을 듣고 점점 얼굴이 굳어졌다. 몇 번의 공방전만에 자신의 비밀이라 할 수 있는 무공의 연원을 밝혀낸 것이다.

원래 사무진은 골기축공법(骨氣畜攻法)이라는 비전 무공을 극성으로 익히고 있었다. 덕분에 상대의 눈을 속일 수 있을 정도로 방향 전환이 빠른 공격이 가능했다.

처음 설천을 공격할 때 얼굴 쪽을 노리는 것 같아 보이다가 순간 방향을 바꿔 명치를 공격한 것도 바로 자유자재로 방향을 바꿀 수 있는 뼈의 움직임 덕분이었다.

그동안 사무진의 이러한 비밀 덕분에 상승 무공을 익힌 무인들도 속절없이 당했다. 일반 무인의 상식으론 뼈를 자유자재로 움직일 수 있는 무공 따위는 상상도 못했기 때문이다. 그러나 단 몇 합을 주고받은 설천은 단박에 그 정체와 공략법을 알아낸 것이다.

'이 녀석, 위험해.'

사무진의 눈이 가늘어졌다.

"어떻게 알아낸 거지?"

사무진이 사납게 물었다.

"뭐, 운이 좋았어. 그쪽이 탈골시키지 않았으면 끝까지 몰랐을걸."

설천의 여유있는 대답에 사무진의 눈초리가 사나워졌다.

"그것이 운이 좋은 건지 모르겠군. 원래는 대충 손만 봐줄 생각이었는데 이렇게 되면 그쪽을 죽여서 입을 막아야겠어. 죽기 전에 이름이나 말하고 죽는 건 어때? 묘비명을 새기려면 이름을 알아야 하거든."

사무진의 말에 설천이 피식 실소했다.

"이름을 알려달라는 건 들어줄 수 있어. 내 이름은 마설천이야. 하지만 댁한테 순순히 죽어줄 생각은 없어."

"마설천이라……. 영광으로 알아. 내가 이름을 묻는 경우는 흔하지 않으니 말이야."

사무진이 음산한 목소리로 물었다.

"그러는 그쪽은 이름이 뭐지?"

설천은 사무진의 사나운 기세에도 아랑곳하지 않고 물었다.

"내 이름은 함부로 알려주지 않지만 꽤 뛰어난 실력을 보여줬으니 알려주지. 게다가 곧 죽을 녀석이니 내 이름을 안다고 해도 문제는 없겠지. 나는 사도련의 사무진이다."

사무진은 자신의 이름을 당당하게 밝혔다.

'이 녀석, 사도련의 내 이름은 들어봤겠지? 이제 곧 얼굴색이 변해 나를 달리 볼 것이다.'

"그래? 그럼 계속할까?"

그러나 사무진의 예상을 깨고 설천이 천천히 주먹을 들어올렸다.

"설마 너, 날 몰라?"

사무진은 혹시나 싶어 설천에게 물었다.

"사무진이라며?"

설천은 귀찮다는 듯 말했다.

"그래, 정말 아무것도 모르는 건가?"

"뭘 말이야?"

"내 소문에 관해서 전혀 들어본 적 없나?"

사무진의 물음에 설천이 이상하다는 표정이 되었다.

"당신, 유명한 사람이야?"

설천이 직접 묻자 사무진은 민망한 생각이 들었다. 강호에서 자신의 이름 석 자를 모르는 사람은 없다. 그런데 이 마인은 생전 처음 듣는다는 듯한 표정이 아닌가?

"그건 아니지만……."

"그럼 별로 상관없잖아? 나는 당신이 가져간 전낭을 빼앗을 거고, 그쪽은 날 죽여 입을 막을 생각 아니야?"

설천의 말에 사무진은 왠지 기운이 빠지는 느낌이었다.

'이 녀석, 왠지 사람을 허탈하게 만든다.'

"무공 실력을 겨루는데 명성과 소문이 무슨 소용 있겠어? 진짜 실력은 서로 공격을 주고받으면서 나오는 거 아닌가?"

설천의 말에 사무진은 헛웃음을 흘릴 수밖에 없었다. 강호에 위명을 떨치는 자들은 모두 자신의 이름을 세상이 알아주길 원한다. 사무진은 자신의 명성을 믿고 은연중에 방심하고 있었던 것이다. 그렇기에 오늘 설천에게 꼬리를 잡힌 것이다.

"그래, 네 말이 맞다. 내가 너무 안이했어. 그렇다면 내 실력을 전부 보여줘야겠군."

사무진은 말이 끝나기가 무섭게 설천에게 쇄도해 들어갔다.

퍽!

설천은 빠른 사무진의 공격에 온몸에 기를 갑옷처럼 둘

렀다.

'허! 이것 보게.'

사무진은 자신의 힘을 육성까지 펼친 권격을 쉽게 막아내는 설천의 모습에 혀를 내둘렀다.

'보통 녀석은 아니라고 생각했지만 이것 참 열 받는군.'

정파의 후기지수 중에 자신의 권격을 받고 제자리에 서 있는 자가 없었는데 설천은 그것을 막아내고 연이어 반격해 들어왔다.

사무진이 날린 권격을 오른팔로 방어하며 설천은 왼손으로 권을 사무진의 얼굴에 꽂아 넣었다.

'그렇게 쉽게 당할 수는 없지.'

사무진이 몸을 비틀며 설천의 공격권 안에서 벗어나려 할 때였다. 설천의 주먹에서 무시무시한 기세가 일어나더니 사무진의 몸으로 달려들었다. 사무진은 크게 놀라 재빨리 보법을 펼쳐 그 기운을 떨쳐 냈다.

퍽! 콰광!

설천이 권격에서 뿜어낸 기운이 바닥에 박히자 바닥이 움푹 파였다.

"권강? 설마 네놈, 권왕에게 사사한 건가?"

"권왕? 그자는 또 누구야?"

설천의 말에 사무진은 머릿속이 혼란스러워졌다. 권강을 뿜어낼 정도의 권술 실력자는 그가 알기엔 권왕과 그의 직계제자들뿐이다. 그런데 난데없이 천산에서 온 마인이 권강을 뿜어냈다. 게다가 그 권강에서 느껴지는 기운은 평소 그가 생각하던 마인의 것이라곤 생각할 수 없는 정순한 것이었다.

'직접 묻는 것은 안 되겠다. 계속 공격해서 녀석이 어떤 방법으로 응수해 오는지 살피는 게 더 빠르겠어.'

사무진은 재빨리 다시 공격해 들어갔다. 사무진의 공격에 설천은 정말 다양한 무공으로 응수해 왔다.

'도대체 이게!'

처음엔 그저 심심풀이로 시작했던 공방이다. 그러나 점점 설천과 손을 섞을수록 눈앞의 인물이 누구인지 종잡을 수 없었다.

'독공에 권강, 그리고 외공과 기감과 암기 사용도 능숙하군.'

설천은 마립원에서 다양한 방면의 무공과 여러 친구들과 어울리곤 했다. 그래서 여러 가지 무공을 익히고 분석해 보는 걸 즐겼다. 그러다 보니 무공을 서로 합쳐 보기도 하고 나눠보기도 했다. 사무진이 권강이라 의심하는 것은 사실 주먹에 사아의 기운을 실어 날려본 것이었다.

뇌룡을 가진 이후로 사아는 검 외에 설천이 직접 사용할 수 있을 정도의 독자적인 기운을 가지게 되었다. 그래서 설천은 혹 나중에 쓸모가 있을까 싶어 쟁투전을 준비하는 틈틈이 연습해 뒀던 것이다.

"너, 정체가 뭐냐?"

사무진은 설천이 구사하는 여러 종류의 무공을 보고 잠시 멀리 떨어져 공격을 멈추고 물었다.

"정체라니… 흑풍 마림원 학생이지, 당연한 걸 왜 묻지?"

설천은 자신의 무공이 사무진이 보기엔 연원을 짐작할 수 없을 정도로 다양하다는 것을 모르고 대답했다.

"한눈에 내 무공을 파악한 것도 그렇고, 정파의 권왕과 맞먹을 정도의 권강과 당가의 독에 버금갈 만한 독공에 암기술까지 펼치는 네놈이 마인이라고? 설마 정마대전 중에 천마신교로 정파의 비급이라도 흘러든 건가?"

사무진은 고민에 빠져 중얼거렸다.

"이봐, 엉뚱한 생각 마. 권강을 구사하기 위해서는 권왕이라는 자의 제자가 되어야 하고, 독을 잘 쓰기 위해선 당문의 제자가 되어야 하는 건가? 사무진이라고 했던가? 그쪽은 생각부터 잘못하고 있는 거야. 무공이란 건 어느 누구의 것도 아니야. 열심히 노력하면 당문보다 더 독을 잘 사용할 수 있고, 권술을 열심히 수련하면 권왕이라는 자보다 더 뛰어난 권술을 익힐 수도 있는 것 아니야?"

설천의 말에 사무진이 생각에 잠겼다.

"흠. 아주 자신만만하군."

사무진은 점점 더 설천에게 흥미가 생겼다. 강호 사정에 어둡지만 당당하고 여러 가지 무공을 능숙하게 사용한다. 게다가 자신의 숨겨진 능력을 한눈에 알아볼 정도로 뛰어난 능력이 있다.

"좋아, 네 녀석이 마음에 드는군."

사무진은 설천을 죽이려던 것에서 마음을 바꿨다.

'게다가 이 녀석 주변엔 따라붙은 꼬리가 많아.'

설천도 이미 눈치채고 있었지만, 야귀의 사람들이 혹시 모를 사태에 대비해 설천을 보호하고 있었다. 천산을 벗어날 때부터 설천은 그들을 감지하고 있었다. 그러나 흑구 때문에 이미 한번 조우한 적이 있는 기운이었기에 설천은 그들을 모르는 척 놔두고 있었다.

"그래서?"

설천이 검미를 추켜올렸다.

"너와 내가 본신의 능력을 모두 다 끌어올려 대결을 계속한다면 분명 양패구상(兩敗俱傷)하게 될 거다."

사무진이 설천을 바라보며 말했다.

"그건 끝까지 해봐야 아는 것 아닌가?"

설천이 자신있다는 얼굴로 말했다.

"뭐, 네 녀석의 능력은 확실히 놀라워. 하지만 나 또한 가진 능력의 반도 펼쳐 보이지 않았다."

사무진이 사뭇 진지한 어조로 말했다.

툭! 절그럭!

사무진은 품을 뒤져 은아의 전낭을 꺼내 던졌다.

"그래서 네게 제안을 하나 하고 싶군."

설천의 발아래 은아의 전낭이 떨어졌다.

"네 녀석 말대로 열심히 노력해 권왕보다 뛰어난 권술을 쓸 수 있고 당문보다 뛰어난 독공을 펼칠 수 있다 자신한다면 나보다 뛰어난 도적이 되어봐라."

사무진이 장난스럽게 웃으며 설천에게 말했다.

"뭐라고? 그게 무슨 뜻이지?"

설천은 사무진의 말에 와락 인상을 찡그렸다.

"사실 내가 훔치는 데 딱 한 번 실패한 물건이 있다."

사무진은 설천을 흘끗 바라보며 말했다. 설천은 이제 팔짱을 끼고 사무진을 바라보고 있었다.

"능력이 꽤 좋은가 봐? 여태까지 단 한 번밖에 실패한 적이 없다니……."

감탄하는 듯한 설천의 어조에 사무진은 울컥했다.

"그러는 네 녀석은 실패한 적이 없나 보군?"

"나? 나야 자주 실패해. 독초 개량할 때도 수백 번은 실패했어. 하지만 주변에서 도와주는 사람들이 있어서 결국엔 성공하게 되더라구."

설천의 입에서 태연하게 실패란 이야기가 나오자 사무진은 혼란스러운 얼굴이었다. 한 번의 실수도 치욕스러워하는 것이 무인의 기질이다. 특히나 이 녀석은 마인이 아닌가? 지기 싫어하고 호전적인 마인의 입에서 겸손한 것인지 아니면 생각이 없는 것인지 알 수 없는 말이 나오자 사무진은 점점 더 설천을 알 수 없어졌다.

"그래서? 그 실패한 일을 왜 나한테 이야기하는 건데?"

설천이 궁금한 듯 물었다.

"네 녀석이 노력하면 뭐든 된다고 했으니 내가 실패한 물건을 노력해서 한번 훔쳐 봐라."

사무진의 말에 설천이 어이없다는 표정을 지었다.

"내가 왜? 애초에 난 도둑질 같은 건 할 생각이 없어."

설천이 딱 잘라 거절했다.

"네가 거절한다면 그 전낭의 주인인 그 아이를 죽이겠다."

사무진의 말에 설천의 눈이 사나워졌다.

"컥!"

사무진이 정신을 차리고 보니 이미 설천에게 목 줄기를 잡힌 상태였다.

'도대체 언제 움직인 거지?'

"난 손에 피를 묻히고 싶지 않지만, 치사하게 주변 사람을 인질로 협박하는 사람을 살려줄 정도로 인정이 넘치지는 않아."

설천의 목소리엔 살기가 흘렀다. 평소 말이나 맹수들을 자상하게 돌보던 설천의 모습이 아니었다.

'이 녀석, 아까와는 분위기가 완전히 다르잖아! 역시 이 녀석도 마인이라 이건가?'

푸확!

치익!

사무진은 숨을 몰아쉬며 설천의 얼굴에 독무를 내뿜었다. 설천이 여러 종류의 무공을 익히고 있다고 말했지만, 사무진 역시 연원을 알 수 없는 다양한 종류의 무공을 체득하고 있었다.

"이거 정말 의외야. 이 독, 꽤 강력한데?"

설천은 사무진이 뿜어낸 독무를 사아의 기운으로 태워 버리며 말했다. 사아가 뿜어내는 뇌전의 기운이 설천을 둘러싸고 있어 독무의 영향을 전혀 받지 않았다. 그럼에도 사무진은 설천이 주춤하는 사이 그의 손에서 벗어났다.

"나를 죽인다면 사파 전체를 적으로 삼겠다는 뜻이야. 그럼 네가 아끼는 그 소녀도 살아남기 힘들겠지."

사무진의 말에 설천의 얼굴이 복잡해졌다.

"그래서 나를 협박해 그 물건을 훔치겠다 이건가? 얼마나 귀한 물건인데 그러는 거지?"

설천이 궁금한 듯 물었다.

"아니, 나는 그 물건보다 내가 할 수 없는 일을 다른 사람은 할 수 있을까 궁금한 것뿐이야."

사무진의 말에 설천의 얼굴이 와락 일그러졌다.

"그게 무슨 뜻이야? 네가 할 수 없으니 다른 사람도 할 수 있나 궁금하다고?"

설천은 사무진의 생각을 도저히 이해할 수 없었다.

"네가 분명 아까 말했잖아? 노력하면 그 분야의 최고라는 무가보다 더 잘할 수 있다고. 그러니까 훔치는 것에 일인자인 나를 노력해서 이겨봐라. 그럼 다신 널 귀찮게 하지 않겠어."

사무진의 말에 설천이 인상을 더더욱 찡그렸다.

"도대체 뭐길래 그리 목을 매는 거지? 황실의 보물이라도 되나?"

설천의 말에 사무진이 빙긋 웃었다.

"아니. 무림맹 깊숙이 보관된 맹주령이다."

"맹주령? 그게 뭔데?"

설천이 궁금하다는 듯 물었다.

"쉽게 말하면 맹주의 직인 같은 거다."

사무진의 말에 설천의 얼굴이 더욱 일그러졌다.

"뭐라고? 무림맹의 직인을 훔쳐서 뭐하게? 그걸 훔쳐서 사용해 봤자 무림맹의 공적이 될 게 뻔한데 그걸 훔치려고 했다고?"

설천이 이해할 수 없다는 듯 말했다.

"무언가를 훔친다는 건 실익을 위해서지. 그것이 돈이든 명성이든 간에 말이야."

"그 말은 명성을 위해 그걸 훔치려고 했다 이 말인가?"

설천이 한심하다는 듯 물었다.

"그래. 난 사파 제일의 재주꾼이거든."

빙긋 웃는 사무진의 모습을 설천이 어이없다는 얼굴로 바라봤다.

"하! 명성이라……. 고작 그런 이유로 목숨을 걸고 도둑질을 했다니……."

설천은 기가 막힌다는 듯 말했다.

"그래서 대답은? 아, 미리 말해두는 건데 만일 대충 시도한 후에 불가능하다고 발뺌할 작정이라면 그만두는 게 좋아. 거짓말하는 상대와 약속을 지킬 정도로 성격이 좋질 못하거든."

설천은 한참을 고민했다. 사무진의 말은 맹주령을 훔치면 더 이상 은아의 목숨을 가지고 위협하지 않겠다는 것이다. 게다가 설천이 대충 못하겠다고 거짓말을 하면 은아를 죽이겠다는 말이다.

사무진은 설천이 빼도 박도 못할 조건을 내건 것이다. 설천은 남의 물건을 훔치는 일은 싫었다. 그러나 사무진에게 은아의 목숨이 위협받는 처지다. 쟁투전 내내 은아의 옆에 붙어 있는다 해도 사무진의 무공 실력으로 보아 은아를 지키기 힘들 것 같았다. 더불어 그가 죽으면 사파 전체를 적으로 돌리는 일이라 강조하는 걸 보니 사파에서 꽤 높은 지위에 있는 것 같았다.

"협박이나 하는 녀석과 거래하고 싶지 않아. 게다가 네가 약속을 지킬지 어떻게 알겠어?"

"만일 네가 일을 제대로 해낸다면 더 이상 너와 흑풍 마림원 학생을 괴롭히지 않겠어."

사무진의 말에 설천은 한숨을 내쉬었다. 지금은 달리 방법이 없었다. 어쩔 수 없이 도둑질을 해야 하는 건가?

"좋아, 하겠어. 대신 조건이 있어. 물건을 확인한 후에는 돌려주겠어."

"뭐라고? 지금 맹주령을 훔쳤다가 돌려주겠다는 거야? 그 고지식한 정파 녀석들이 그런다고 용서할 것 같아? 오히려 더 일이 복잡하게 될걸."

사무진이 어이없다는 얼굴로 말했다. 그러나 설천은 사무진의 그런 말에 아랑곳하지 않았다.

"상관없어. 그리고 한 가지 더. 내가 성공하면 그쪽도 더 이상 도둑질을 하지 마."

설천이 선언하듯 말했다.

"뭐라고? 나보고 내 밥벌이를 그만두라는 말이야?"

사무진이 펄쩍 뛰듯 말했다.

"나도 목숨을 거는 일이니, 그쪽도 그에 상응하는 대가를 걸어야 하는 것 아니야?"

"끙."

설천의 설득력있는 대꾸에 사무진은 앓는 소리를 냈다.

"싫다면, 전부 그만두는 게 어때?"

설천이 이겼다는 표정으로 이야기하자 사무진의 오기가

발동했다.

"좋다! 네 뜻대로 하지."

사무진은 호기롭게 소리쳤다.

'흥, 나도 불가능했던 일을 네 녀석이 한다고? 어림도 없는 소리.'

사무진은 절대 불가능할 것이라 여기고 설천의 말에 동의했다.

第十章
화린의 정인?!

마도
공자

화린은 무림맹에 돌아온 후 우선은 곤륜정 수련에 매진했다. 삼 년 동안 곤륜정 수련과 또래 아이들과 무관에서 어울리게 된 화린은 하루하루가 즐거웠다. 그러나 어느 순간부터 더 이상 곤륜정 수련의 진전이 없자 초조해졌다.

'절맥 상태였기 때문에 축기가 원활하게 이루어지지 못한 탓에 진전이 없는 것 같아. 아, 그래! 그때 설천이가 준 게 있었지!'

화린은 설천이 혹 정체 상태에 놓이거나 몸이 좋지 못하면 꼭 설치해 보라던 진법 구축표를 찾았다. 쓰진 않았지만 값비싼 패물들이 들어 있는 함에 고이 모셔뒀던 진법 구축표다.

"흠, 이건 내가 펼칠 수 있는 수준의 진법이 아닌걸."

화린은 진법 구축표에 복잡하게 얽힌 수식과 조합을 바라보며 인상을 찡그렸다.

"어쩐다? 꼭 필요한데 누구에게 부탁하지?"

화린은 고민을 거듭하다가 아버지를 찾아가 부탁하기로 마음먹었다.

"연무장에 진법을 설치하고 싶다고?"

집무실로 찾아온 화린의 말에 강맹혁은 이해할 수 없다는 표정을 지었다.

"이미 연무장엔 소음과 충격을 막아주는 진법이 펼쳐져 있다. 그것도 정파에서 가장 뛰어난 제갈세가에서 펼친 진법이란다."

강맹혁은 화린이 잘 몰라 이런 부탁을 하나 싶어 다정하게 설명해 줬다.

화린은 아버지의 대답에 어찌 설명해야 할까 고심했다. 솔직히 자신도 설천의 설명을 듣고 반신반의하다가 직접 축기가 되는 진법의 효용을 체험하고 나서야 진법의 다양한 가능성을 깨달은 것이기 때문이다.

"제가 부탁드리고 싶은 진법은 소음이나 충격을 막는 진법이 아니에요."

"그것이 아니라고? 그럼 어떤 진법을 말하는 게냐?"

강맹혁은 화린이 갑자기 무슨 진법을 원하는가 싶어 궁금한 얼굴로 물었다.

"제가 필요한 건 축기가 되는 진법이에요."

"그게 무슨 소리냐? 진법으로 축기를 한다니… 혹 축기를 하고 싶은 게냐? 그렇다면 이 아비가 좋은 환단을 주마."

강맹혁은 화린이 진법에 대해 무언가 잘못 알고 있는 것 같아 의아한 생각이 들었다. 그러다가 화린이 축기를 하고 싶은 게 아닌가 싶어 물었다.

"환단도 좋지만 진법 안에서 얻는 기운이 더 몸에 도움이 된다고 해서요."

"화린아, 네가 뭔가 착각한 모양이구나. 그런 진법이 있다면 왜 제갈세가에서 무림맹 연무장에 설치해 주지 않았겠니?"

'그런 진법이 있다면 모든 문파에서 너도나도 연무장에 설치하려 들겠지. 그렇다면 제갈세가는 돈방석에 올라앉았을 텐데 그런 걸 숨길 위인들이 아니지.'

제갈세가의 약삭빠른 가주 제갈휘의 얼굴을 떠올리며 강맹혁이 쓴웃음을 지었다.

"아마도 그런 진법을 고안해 내지 못했기 때문일 거예요. 다행스럽게도 저한테 그 구축표와 진법을 펼칠 때 쓸 물건이 있어요. 그러니까 진법을 펼쳐 줄 분만 있으면 될 것 같아요."

화린은 자신의 손에 들린 진법 구축표를 내밀었다. 강맹혁은 정파 최고의 무인이었지만 진법엔 무지했다. 그러니 봐도 알 수 없었다.

"흠, 이건……."

난처해 턱을 긁적이던 강맹혁은 아예 제갈세가에 맡기는 게 좋겠다는 생각이 들었다.

"그래, 이 구축표를 제갈세가에 보내 설치해 달라고 하는 게 좋겠구나."

"그건 안 돼요!"

화린이 펄쩍 뛰며 진법 구축표를 다시 가져갔다.

"이건 제 은인이 준 거예요. 함부로 밖으로 유출시킬 수 없어요."

너무나 단호하게 화린이 말했기에 강맹혁은 어쩔 수 없이 제갈세가의 사람을 부르기로 했다.

제갈세가로 맹주의 호출이 떨어진 것은 다음 아침이었다.

"맹에서 갑자기 무슨 일로……."

무림맹의 서찰을 받아 든 제갈휘는 의아한 생각이 들었다. 그러나 서찰을 뜯어보곤 실소를 금할 수 없었다.

"맹주가 딸에게 껌뻑 죽는다고 하더니 사실인가 보군."

서찰엔 화린이 축기가 되는 진법을 원하니 한번 들러 설치해 달라는 간략한 당부가 쓰여 있었다.

"허참! 축기가 되는 진법이라니… 그런 게 가능했으면 진작에 세가의 연무장에 먼저 설치했겠지. 맹주는 도대체 무슨 정신으로 어린아이의 투정까지 받아주라는 겐지……."

제갈휘는 못마땅해 혀를 쯧쯧 찼다.

"가주님, 맹에서 무슨 일로 서찰이 온 겁니까?"

"하하, 맹주가 딸 일이라면 꼼짝 못한다더니 그 말이 맞는 것 같네."

"네? 무슨 말씀이신지?"

제갈세가의 총관은 무슨 말인가 싶어 물었다.

"맹주도 분명 말도 안 되는 일이라는 걸 알지만 딸의 청이라 어쩔 수 없이 부르는 것이겠지. 고작 나이 어린 여자아이 때문에 제갈세가의 가주에게 오라 가라 하다니 맹주의 위세가 자못 대단하지 않은가?"

제갈휘가 심사가 뒤틀린다는 듯 말했다.

"아하, 그 죽다가 살아난 맹주의 금지옥엽 외동딸 말이군요. 요즘 그 아이한테 눈독 들이는 세가와 문파가 꽤 되더군요."

"그게 무슨 소린가?"

"처음 다 죽어갈 때는 다들 송장 치울까 겁나서 없던 혼담이 요즘엔 아주 빗발친다고 합니다."

"그래? 그 아이의 미모가 꽤나 출중한가 보군."

맹주의 부인인 소련의 뛰어난 미모를 떠올리며 제갈휘가 말했다.

"하하, 그건 모르겠습니다. 하지만 얼굴이 얽은 못난이라도 맹주의 금지옥엽이라면 서로 데려가려고 난리를 치는 것도 이해 못할 건 아니죠."

"흠, 노림수가 있는 청혼이라는 거군."

"맹주의 비호를 얻는 일이니 누구라도 노릴 만한 자리죠."

제갈휘가 잠시 생각에 잠겼다.

"그런데 그 아이가 무슨 문제라도 일으킨 겁니까?"

"아니. 그 아이보단 그 아이의 무모한 청을 말리지 않은 맹주가 더 큰 문제겠지."

제갈휘가 냉정한 목소리로 말했다.

"그럼 어찌하실 겁니까?"

"뭐, 내게 선택권이 있겠나? 맹주께서 부르시면 당장 가야지."

제갈휘는 고소를 지으며 말했다.

그는 내키지 않는 걸음으로 무림맹에 들어섰다. 소문대로 맹주의 딸은 건강을 완전히 회복했는지 생기가 넘쳐 보였다.

"제게 부탁하실 진법이 있다고요."

제갈휘는 진법에 대해 무지한 맹주의 철없는 딸을 단단히 혼내주려 마음먹었다.

'날 때부터 병약했다니까 싫은 소리 한번 하지 않고 오냐 오냐 하며 키웠겠지. 그러니 분명 안하무인이겠지. 게다가 병치레를 하느라 제대로 배우지 못했으니 무식한 것이야 당연

하고. 그래도 얼굴만은 봐줄 만하군.'

제갈휘는 속으론 멋대로 화린을 평가하며 겉으로는 인자한 웃음을 지었다.

"네. 아직 들어보신 적은 없겠지만 기축적 진법을 설치하고 싶어요."

화린이 처음 보는 제갈세가의 가주에게 머뭇거리며 말했다.

"하하! 소저께서 아직 어려서 잘 모르시나 봅니다. 그런 진법이 있었으면 저도 한번 봤으면 좋겠군요. 그런 진법은 이론상 불가능합니다."

제갈휘의 대답에 화린은 발끈했다.

"아뇨. 분명 가능해요. 제가 직접 눈으로 확인한 걸요. 그리고 그 구축표도 여기 가지고 있어요."

화린의 말에도 제갈휘의 표정은 조금도 바뀌지 않았다.

"그래요? 그럼 어디 한번 볼까요?"

'어디서 엉터리 진 구축표를 얻어온 것이겠지.'

그러나 화린이 건넨 구축표를 보고 제갈휘의 얼굴이 시시각각으로 변했다.

'이건 꽤나 체계적인 구축법이다. 게다가 이런 구축법은 생각도 못했던 것이다.'

제갈휘는 화린에게 건네받은 진법 구축표를 보고 눈이 화등잔만 해졌다.

"도대체 이런 진 구축법은 어디서 얻은 겁니까?"

화린은 곤란한 듯 웃음 지었고, 제갈휘에게 답한 것은 무림 맹주 강맹혁이었다.

"내가 우연히 입수하게 된 진법 구축표라네. 딸아이의 건강에 도움이 된다고 해서 비싼 돈을 들여 구입한 것이지."

제갈휘는 강맹혁의 대답에 고개를 끄덕였다.

"비싼 돈을 주고 구입할 만하셨습니다. 이 진법이 무인들에게 알려지면 분명 너도나도 진법을 연무장에 설치하겠다고 나설 겁니다. 하지만 이 진법을 구축하기 위해선 진의 핵(核)이 되는 기의 정수가 담긴 표지물을 설치해야 하는데 애석하게도 그 기술이 없는 한 이 진법은 구축이 불가능합니다."

설천은 화린에게 진법 구축표를 건네면서 진의 핵이 될 표지석은 따로 챙겨줬다. 기 축적 진법은 당 사부와 설천의 공동 연구로 이뤄낸 성과다. 그래서 설천은 자신이 임의대로 전부를 알려주는 것은 곤란하다고 생각했다.

때문에 진법의 핵이 되는 표지석의 제작 방법은 알려주지 않고 직접 제작한 표지석을 준 것이다. 아무리 뛰어난 진 구축표라도 핵이 되는 표지석을 만들어낼 수 없으면 진법을 구축할 수 없었기 때문이다.

"걱정 마세요. 진법의 핵이 될 것은 여기 있어요."

"이것 참 놀랍군요."

화린에게 표지석을 건네받은 제갈휘의 눈은 놀라움과 홍

분으로 일렁였다. 표지석은 오행의 기운을 품고 있어 한눈에 진법의 핵이 되는 물건이란 걸 알 수 있었다.

"도대체 이걸 만든 자는 누구입니까?"

일반적으로 진법을 펼치기 위해선 각 기운에 해당하는 자연물을 이용했다. 예를 들면 목(木)의 기운이 필요한 곳에는 나뭇가지를, 그리고 토(土)의 기운이 필요한 곳에는 흙을 직접 사용하는 방법을 택했다.

그러다 보니 진법이 불안정하고 금방 와해되는 일이 빈번했다. 그러나 설천은 야수안으로 기의 속성을 파악하는 능력을 지니고 있었다. 때문에 표지석 안에 오행에 해당하는 기운을 불어 넣는 일은 식은 죽 먹기였다. 설천에게는 쉬운 일이었지만 야수안을 개안하지 못한 자는 꿈도 꾸지 못할 일이었다.

"안타깝게도 우연하게 만난 은거기인이었네."

강맹혁은 혹여 귀면옥주와의 관계를 눈치챌까 싶어 부랴부랴 변명을 했다.

"아쉽군요. 이것을 만드는 방법만 알아낸다면 진법을 안정적으로 구축하는 일이 가능할 텐데요."

제갈휘가 아쉬운 듯 입맛을 다셨다.

"혹 이 물건의 여분이 있으면 얻을 수 있을까요?"

제갈휘는 포기하지 않고 강맹혁에게 물었다.

"아쉽게도 이 진법을 구축할 것밖에 없군요. 그럼 진법 구축을 잘 부탁드리겠습니다."

강맹혁이 더 이상 말하고 싶지 않다는 듯 딱 잘라 이야기하자 제갈휘는 할 수 없이 물러났다.

'이런 기회를 놓칠 순 없다. 이 오행의 기운을 가진 표지석을 만드는 방법만 알아낸다면 이 진법으로 엄청난 돈을 벌 수 있어.'

제갈휘는 맹주가 내민 진법 구축표를 본 순간 한눈에 돈이 될 것을 직감했다. 처음 무림맹에서 맹주가 부른다고 할 때만 해도 또 무슨 귀찮은 일을 시킬까 싶어 망설였다. 그러나 지금 제갈휘의 가슴은 흥분으로 설레고 있었다.

'당장 그 은거기인을 찾아야 해. 어떻게 해서라도 그자의 지식을 얻어야 한다.'

제갈휘는 그렇게 다짐하며 허둥지둥 진법을 펼쳤다.

화린은 자신이 건넨 진법 구축표와 표지석을 보고 안색이 바뀌는 제갈휘를 보고 아차 싶은 마음이 들었다. 설천이 일말의 망설임 없이 건네줬기에 흔한 것이라 여긴 자신의 어리석음에 입술을 깨물었다.

'분명 대단한 진법을 펼칠 수 있는 구축표였던 거야. 그런데 나는 그것도 모르고……'

화린은 자신에게 친절했던 설천에게 고마운 마음이었다. 그러나 알게 모르게 자신은 무림맹주의 딸이기 때문에 설천이 자신을 돕는 것이 당연하다고 생각하고 있었음을 깨달았다.

'설천이는 분명 내가 무림맹주의 딸이라는 것을 모르는데도 이렇게 귀한 걸 줬는데……'

화린은 그것을 깨닫자 더욱 설천에 대한 고마운 마음이 들었다.

'내가 설천이에게 보답한 것은 고작 무림맹에 들어올 수 있는 패 하나와 고맙다는 인사말뿐이었어.'

화린은 설천에 대한 고마움이 진해지면서 죄책감과 함께 민망한 마음이 들었다.

'목숨을 빚졌는데 고작 그런 보답밖에 못했다니……'

화린은 무슨 일이 있어도 설천에게 꼭 보답하고 싶었다. 그러다가 무림맹에서 쟁투전이 열린다는 소식을 듣고 한달음에 강맹혁에게 달려갔다.

"아버지, 부탁드리고 싶은 게 있어요."

강맹혁은 이제는 건강을 되찾아 뽀얗게 살이 오른 딸의 얼굴에 입가가 풀어졌다.

"그래, 우리 아가씨, 뭘 갖고 싶은 게냐?"

정파 최고 고수이자 맹의 주인인 철혈의 강맹혁이었지만 금지옥엽인 화린의 한마디엔 사람 좋은 웃음을 흘리는 아버지일 뿐이었다.

"말씀드리기 전에 꼭 들어주신다고 약조해 주세요."

화린이 심각한 얼굴로 말했다.

"그래, 우리 아가씨가 해달라는 게 무엇이든 내 다 들어주마!"

강맹혁은 화린이 귀여워 뭐든 들어주겠다고 호언했다.

"정말이요? 거짓말 아니죠?"

화린이 믿을 수 없다는 듯 뾰로통하게 물었다.

"아니, 이 아비가 네게 왜 거짓말을 하겠느냐. 그러니 어서 말해봐라."

강맹혁이 화린을 채근했다.

"아버지를 못 믿는 게 아니지만 혹 모르잖아요. 그러니 문서로 작성해 주세요."

화린이 문서까지 들먹이자 강맹혁의 얼굴도 진지해졌다.

"그래, 무슨 부탁을 하려고 그러는 거냐?"

"아버지, 절 믿으시죠?"

강맹혁도 덩달아 진지해지자 화린이 이제는 애교있게 웃음을 지으며 말했다.

"내가 널 믿지 않으면 누굴 믿겠느냐?"

"그럼 절 믿고 서류를 써주세요. 제가 원하는 건 나쁜 일이 아니에요."

강맹혁은 잠시 고민했다. 아직 어린 나이지만 화린은 똑똑하고 이치에 밝았다. 자신에게 떼를 쓰거나 무리한 부탁을 하지 않을 것이다. 그리 생각한 강맹혁은 고개를 끄덕였다.

"좋다, 우리 아가씨는 참으로 용의주도하구나. 이 아비의 약속을 꼭 문서로 받아야겠느냐?"

강맹혁은 헛웃음을 지으며 문서를 작성했다.

"맹주령도 꼭 찍어주세요."

화린이 직인까지 찍어달라고 요구했다. 그럼에도 그 맹랑한 요구까지 귀여워 보이는 강맹혁이었다.

"이제 된 거냐?"

자신이 작성한 서류를 뿌듯한 얼굴로 바라보는 화린의 태도에 강맹혁이 어이없다는 듯 물었다.

"네, 감사해요. 역시 아버지가 최고예요."

강맹혁의 어이없던 기분이 화린의 말 한마디에 금세 풀어졌다.

"그럼 도대체 무슨 부탁을 할지 들어볼까?"

"이번 쟁투전에 마교를 초청하고 싶어요."

풀어졌던 기분이 화린의 대답에 싸늘하게 얼어붙었다.

"뭐라고? 그건 안 된다."

강맹혁은 화린의 말에 곤란한 얼굴로 말했다.

"도대체 왜요?"

그러나 화린은 이해할 수 없다는 얼굴로 물었다.

"그러는 너는 왜 마교를 초청하고 싶다는 게냐?"

화린은 싸늘하게 얼어붙은 아버지의 태도에 멈칫했다.

"하지만 귀면 의부님도 마인이고 제 병을 고쳐준 설천이도 마인이에요. 그들이 나쁜 사람이 아니라는 걸 잘 아시잖아요?"

화린이 억울하다는 듯 말했다.

"몇몇이 그렇다고 해도 우리는 마교와 잠시 휴전 중일 뿐이다. 그런데 쟁투전에 마인을 초청한다고? 그에 따라 생길 파장은 생각하지 않은 게냐?"

강맹혁은 한숨을 내쉬며 말했다. 사실 귀면옥주와의 관계 자체도 강맹혁은 위험한 일이었다. 그럼에도 그의 호방한 성격과 뛰어난 무공 실력으로 친구가 되었다. 하지만 귀면옥주는 자신과 강맹혁의 입장을 충분히 잘 알고 있었고 늘 조심했기에 우정이 지속되어 온 것이다.

사실 화린이 마교를 방문한 것도 안 될 일이었으나, 지푸라기라도 잡는 심정으로 귀면옥주에게 부탁한 것이다. 그리고 귀면옥주 또한 화린의 방문이 자신에게 위험한 일이라는 것을 알았지만, 친구의 심정을 이해했고 화린을 제 딸처럼 아꼈기에 받아준 것이다.

그런데 화린 또한 자신처럼 위험한 친구를 두려고 하는 것이다.

"하지만 언제까지 마교와 척을 지고 살 순 없잖아요? 이젠 전쟁을 끝내고 서로 도울 때가 아닌가요?"

화린의 말에 강맹혁은 쓰게 웃었다.

"전쟁을 끝낸다…… 화린아, 네가 보기엔 무림맹의 단합의 근원이 무엇이라 생각하느냐?"

화린은 갑자기 어려운 질문을 던지는 강맹혁의 모습에 어리둥절하다가 곧장 대답했다.

"아버지요."

화린의 대답에 강맹혁은 쓰게 웃었다. 무림맹 모두가 자신을 무조건적으로 믿고 따른다고 생각하는 화린의 생각은 너무도 순수했기 때문이다.

"화린이가 이 아비를 높게 평가하는 건 정말 고맙구나. 하지만 무림맹은 사실 각각의 뛰어난 문파들의 집합일 뿐이다. 그들을 뭉치게 하는 건 공동의 적, 바로 마교의 존재다. 그런데 만일 그 적이 사라진다면 무림맹이 존재할 이유가 없겠지."

강맹혁의 자조적인 대답에 화린의 얼굴이 구겨졌다.

"저는 그렇게 생각하지 않아요. 그럼 계속 마교와 척을 지고 살아야 한다는 건가요?"

"아마도 그럴 게다."

"그럼 귀면 의부님과는 더 이상 만날 수 없겠군요."

화린의 슬픈 목소리에 강맹혁은 안타까운 마음이 들었다.

"귀면 의부가 보고 싶은 게냐?"

강맹혁은 딸을 건강하게 만들어준 귀면옥주에게 고마운 동시에 미안한 마음이었다.

"의부님도 뵙고 싶지만 제 목숨을 구해준 설천이도 보고 싶어요."

화린의 말에 강맹혁은 잠시 망설였다.

"그럼 몰래 그 아이만 초청하면 어떻겠느냐?"

"몰래 설천이만 초청한다구요?"

화린의 얼굴이 와락 일그러졌다. 설천에게 목숨을 빚졌는데 마치 죄인처럼 몰래 와야 한다니 차라리 초청하지 않는 게 나을 듯싶었다.

"아버지, 저는 구명지은을 입었어요. 그런데 은인을 몰래 초청한다니 그건 은인을 욕보이는 일인 것 같아요. 제가 아버지의 위치를 고려하지 않고 너무 무리한 부탁을 드린 것 같아 죄송해요. 제가 드린 이야긴 없었던 것으로 해주세요."

화린은 힘없이 고개를 떨어뜨리고 자신의 방으로 돌아갔다. 강맹혁은 화린이 힘없이 돌아가자 자신의 기분까지 가라앉는 것 같았다. 게다가 화린의 말처럼 자신과 화린은 마인에게 은혜를 입었다.

도리와 정의를 다한다는 무림맹의 수장인 자신이 은인에게 빚을 갚진 못할망정 욕을 보일 뻔했다는 사실에 아찔해졌다.

"이 무슨 추태란 말인가!"

강맹혁은 스스로에게 부끄러워졌다.

탁자 위엔 아까 화린이 고집을 부려 작성한 서류가 아직 덩그러니 놓여 있었다. 장난으로 만든 서류였지만 맹주로서 직인까지 찍은 서류다.

"이 아비가 부끄러운 짓을 했구나."

강맹혁은 자신이 무림맹의 구심점이라 믿었던 화린의 말이 아직도 귓가에 맴도는 것 같았다.

'공동의 적이 있어야만 뭉칠 수밖에 없는 무림맹이라면 굳이 내가 무림맹의 수장 자리에 있을 이유가 없다.'

강맹혁은 자신이 각 문파의 눈치나 살피고 있지 않았는지 조심스레 되짚어보았다.

'더 이상 나약한 맹주로 살아갈 순 없다. 누가 뭐래도 나는 무림맹의 수장이 아닌가?'

그는 쓰게 웃으며 화린과 작성한 서류를 집어 들었다.

"화린이가 이 아비의 잘못을 일깨워 준 셈이로군. 내 너와의 약속은 꼭 지키마."

강맹혁은 서류를 바라보며 결심을 굳혔다.

*　　　*　　　*

제갈세가의 가주 제갈휘는 화린의 거처에 진법을 구축하고 누가 잡을세라 재빨리 세가로 돌아왔다. 그리곤 곧바로 회의를 소집했다.

"가주님, 갑자기 무슨 일이십니까?"

제갈세가의 진법 연구의 수장을 맡고 있는 제갈단이 가주의 딱딱하게 굳은 얼굴을 보고 의아한 얼굴로 물었다.

"우리 제갈세가가 정파에서 가장 진법에 능한 곳이 맞습니까?"

가주의 뜬금없는 질문에 제갈단을 비롯한 사람들이 의아한 얼굴이 되었다.

"당연한 것 아닙니까? 진법 하면 모든 이들이 제갈세가를 가장 먼저 떠올리죠."

모두들 자랑스럽다는 얼굴로 제갈단의 말에 고개를 끄덕였다.

"그럼 왜 여태까지 우리는 이런 진법을 만들지 못한 겝니까?"

제갈휘가 차가운 어조로 말하며 무림맹에서 몰래 필사해 온 구축표를 탁자 위에 내려놓았다. 화린은 용의주도하게도 일이 끝나자 진법 구축표를 되돌려 달라고 했다. 제갈휘는 입맛을 다시며 안타깝다는 듯 구축표를 돌려줬으나 이미 대충의 필사는 마친 후였기에 아쉬움은 없었다.

"이게 뭡니까?"

제갈단이 궁금한 듯 제갈휘가 내려놓은 구축표를 집어 들었다.

"이건……!"

제갈단이 할 말을 잃고 눈을 커다랗게 떴다. 그도 이런 진법은 처음이었기에 더욱 놀라웠다.

"이런 진법이 가능할 리 없습니다."

제갈단이 단언하듯 말하며 진법 구축표를 내려놓았다.

"왜 그리 생각하시오?"

제갈휘는 입매를 비틀며 말했다. 진법 연구로 세가의 중추 세력인 제갈단과 가장 고강한 무공의 소유자로 가주가 된 제갈휘의 사이는 좋지 못했다. 그러니 절대 이런 진법이 가능하지 않다고 단언하는 제갈단이 심히 못마땅한 제갈휘였다.

"이 진법을 유지하려면 오행의 기운을 담은 안정적인 기 공급원이 있어야 합니다. 일반적인 자연지물을 이용해 이 진법을 펼치면 일각도 되지 못해 파훼될 겁니다."

"그럼 절대 이 진법이 불가능하다 말하는 거요?"

제갈단은 제갈휘가 평소보다 심기가 불편해 마구 자신을 비꼬는 것에 속으로 울컥했다. 그러나 제갈휘는 세가의 가주였고 어디까지나 지금은 공식적인 회의석상이었기에 꾹 참았다.

"그렇습니다."

"그렇다면 만일 이 진법이 펼칠 수 있는 자가 있다면 어찌하실 거요?"

"아까 말씀드렸듯 그것은 불가능합니다."

제갈단이 차갑게 이야기했다.

"만일이라는 게 있지 않소?"

제갈휘가 기분 나쁜 미소를 지으며 물었다.

"만에 하나 그런 자가 있다면 당장 스승으로 모시겠습니다."

제갈단이 그럴 리가 없다는 듯 단호하게 말했다.

"그렇군. 그럼 당장 그 스승을 찾아오시오."

제갈휘가 제갈단에게 선언하듯 말했다.

"그게 무슨 말씀이십니까?!"

제갈단은 꾹꾹 눌러 참던 화를 이기지 못해 버럭 소리치듯 물었다.

"난 지금 그 구축표에 있는 진법을 무림맹에 펼쳐 주고 오는 길이오."

"뭐라구요?"

제갈단이 믿을 수 없다는 얼굴로 물었다.

"믿어지지 않는다면 당장 무림맹을 찾아가도 좋소."

"하지만 불가능합니다. 이 구축표에 따르면……."

"그래, 안정적으로 오행의 기운을 주입할 핵이 없다는 것이 큰 문제겠지. 하지만 그 진법을 구축할 오행의 기가 담긴 돌조각이 버젓이 존재했소."

제갈휘의 말에 제갈단은 뺨이라도 맞은 듯 어리벙벙한 표정이었다.

"돌조각 안에 오행의 기운을 불어넣었다는 말입니까? 도대체 누가 그런 일을 한 겁니까?"

제갈휘와 지극히 사이가 나쁜 제갈단이었지만, 그런 것은 이미 잊은 듯 벌떡 일어나 물었다.

"그걸 지금부터 알아봐야 할 것 같소. 만일 그 방법을 알아낼 수만 있다면 우리 제갈세가가 무림에서 가장 부유한 세가가 되는 것은 시간문제일 것이오."

제갈휘의 말에 제갈단은 고개를 끄덕일 수밖에 없었다. 진법에 대한 지식이 자신이 훨씬 뛰어났음에도 제갈휘가 가주가 된 것을 인정할 수밖에 없었던 제갈단이다. 그러나 지금의 제갈휘는 세가의 이익을 위해 취해야 할 방법을 가장 잘 알고 있었다. 가주다운 빠르고 단호한 결정이다.

"그럼 어디부터 조사해야 합니까?"

"우선은 무림맹주의 딸인 화린부터 조사해야 할 것 같소."

"그 아이는 병약해서 밖으로 잘 나오지도 않는 아이 아닙니까?"

제갈단이 곤란하다는 얼굴로 말했다.

"아니. 놀랍게도 건강을 되찾았소."

"설마 그럼 이 진법으로 그리된 겁니까?"

제갈단의 손을 떠난 진법 구축표는 회의에 소집된 사람들 전부를 거치고 있었다. 그들 중에 아직 어리나 진법에 가장 재능을 보이는 제갈혁이 호기심에 눈을 반짝이며 물었다. 아직 어린 나이에도 세가의 대소사를 결정하는 회의에 참석할 수 있을 정도로 제갈혁의 성취는 뛰어났다.

"글쎄다. 아직 정확한 것은 알 수 없지만, 그 진법이 도움을 줄 수 있는 기능을 가지고 있지 않느냐?"

제갈휘의 말에 제갈혁이 고개를 끄덕였다.

"이런 진법을 생각해 낸 사람이 어떤 자인지 직접 만나보고 싶습니다."

제갈혁이 눈을 반짝이자 제갈휘의 입가에 회심의 미소가 걸렸다.

"그래서 내 너에게 임무를 하나 주려고 한다."

"임무라뇨? 아직 어린아이한테 무슨……!"

제갈단이 펄쩍 뛰며 물었다. 제갈혁은 제갈단의 손자다. 아직 약관도 되지 않은 제갈혁에게 이런 중대한 일을 맡기려는 저의가 의심스러웠기 때문이다.

"아, 그리 걱정할 것 없네. 아마 이 임무는 너도 만족스러울 게다."

제갈휘가 제갈혁을 웃으며 바라보았다.

"무슨 임무인가요?"

"무림맹주에게 혼담을 넣을 것이다."

"혼담?"

좌중은 제갈휘의 말에 무슨 소린가 싶어 조용해졌다.

"아마도 맹주는 끝까지 그 진법의 출처를 밝히지 않을 것이다. 그렇다면 맹주의 딸인 화린에게 정보를 알아내는 수밖에 없겠지."

"지금 그 말은 혼담을 빙자해 정보를 빼내겠다는 말이오?"

제갈단이 어이없다는 듯 물었다.

"겸사겸사 좋은 일 아니겠소?"

"그게 무슨 소리요?"

"무림맹주의 금지옥엽 외동딸이오. 게다가 내가 보니 앞으로 자라면 미인이 될 아이더군. 그러니 혁이와 짝을 지어줘도 부족함이 없을 것이오."

제갈혁은 자신의 혼담 이야기를 주고받는 어른들의 모습을 가타부타 말없이 조용히 지켜봤다.

"그래도 가장 중요한 것은 본인의 의사 아니겠소?"

제갈단은 제갈혁에게 시선을 돌렸다.

'혼인이라……'

제갈혁은 사실 혼담이 나왔어도 다른 사람 이야기 같았다. 아직 혼인에 대한 이야기가 실감이 나질 않았다.

"혼담을 주고받는다고 꼭 혼인을 하는 법도 없죠?"

제갈혁은 고민하다가 물었다.

"그렇다. 우리가 혼담을 넣는다고 해도 저쪽에서 거절할 수도 있다."

혼인에 대해 무덤덤하던 제갈혁은 그 이야길 듣자 왠지 기분이 상했다.

'거절당할 수도 있는 건가?'

"누가 뭐래도 그쪽은 무림맹주의 금지옥엽이니 말이다."

제갈휘는 일부러 제갈혁을 도발하듯 말했다.

"저도 남부러울 것 없는 제갈세가의 직계입니다."

'아직 어려. 이런 일로 욱하다니……'

제갈휘는 자신의 도발에 제갈혁이 말려든 것을 알아차리고 빙긋 웃었다. 그러나 제갈단은 그 모습에 얼굴을 찡그렸다.

'아무리 가주라도 내 손자를 저리 가지고 놀다니……'

제갈단은 기분이 상했다. 그러나 가주의 말은 어디 하나 틀린 것이 없었다. 혼담이 성사되면 이득이요 깨져도 손해 볼 것은 없었다.

"그럼 너도 이번 혼담에 이의가 없는 것으로 알겠다."

가주의 말에 제갈혁이 고개를 끄덕였다.

"이왕이면 확실히 성사되도록 하겠습니다. 그리고 이 진법의 출처도 함께 밝히도록 하죠."

제갈혁이 호기롭게 가주에게 말했다.

* * *

"지금 그래서 무림맹으로 몰래 숨어들겠다는 거야?"

어쩔 수 없이 사무진과 약속을 한 설천은 고민 끝에 친구들에게 이야기를 털어놓았다.

"일단 쟁투전이 열리기 시작하면 경비가 허술해질 테니 그때를 노려야겠어."

"강호가 넓다지만 우리 사부들 이상의 미치광이가 있을 줄이야!"

유은수가 개탄을 하며 말했다. 말에 미친 흑야왕이 들으면 당장 경을 칠 일이었지만, 사무진은 자신의 무공에 대한 자부심으로 이런 일을 벌인 것이다.

"자신이 훔치는 것을 실패했으니 네가 더 뛰어나다면 한번 훔쳐 봐라 이건가? 특이한 녀석이군."

나계환이 유은수의 말에 맞장구를 치며 말했다.

"문제는 그 미친 녀석이 아니야."

백운이 심각한 어조로 말했다.

"뭐가 문젠데?"

유은수가 모르겠다는 얼굴로 물었다.

"일단 무림맹에서 맹주령이 사라진다면 가장 먼저 의심을 받을 곳이 어디겠어?"

백운의 말에 친구의 얼굴이 모두 딱딱하게 굳었다.

"당연히 마인인 우리겠지?"

설천이 한숨을 토해내듯 말했다.

"그래, 정파에서 가장 경계하는 우리가 일을 벌이면 기다렸다는 듯 우리에게 검을 겨누겠지."

백운의 말에 설천은 가슴이 답답해졌다.

"그것뿐만 아니라 더 심각한 문제는 아직 남아 있어. 정파와 우리는 휴전 중이야. 작은 분쟁도 전쟁의 씨앗이 될 수 있어."

백운의 말에 설천은 사무진의 요구가 얼마나 무모한 것이었는지 다시금 깨달았다.

"하지만 그 녀석은 자기 요구를 들어주지 않으면 은아의 목숨은 없다고 했어."

설천이 어찌해야 될지 모르겠다는 투로 말했다.

"솔직히 그 아이가 죽든 말든 별로 상관도 없잖아?"

유은수가 냉정하게 말했다. 유은수는 은아에 대해 아는 것이라곤 태상노군의 손녀라는 것밖에 없었다.

"그 아이는 태상노군 사부님이 챙기셔야 하는 것 아닌가? 만일 네 말대로 그 사무진인가 하는 녀석이 은아를 죽인다면 태상노군 사부님이 복수해 주실 거야. 그러니 굳이 네가 신경 쓰지 않아도 될 것 같은데?"

유은수의 말은 지극히 이기적이었지만, 마교와 정파의 충돌을 야기할 수 있는 무모한 절도를 일으키는 것보다 이성적인 판단이었다.

"그렇다고 그냥 무시하란 말이야? 난 그렇게 못해. 구할 수 있는 사람을 모르는 척 무시할 순 없어. 게다가 그 앤 사부님의 혈육이야."

설천의 순진한 대답에 나계환은 한숨을 토해냈고, 유은수는 고개를 절레절레 흔들었다.

"뭐, 그렇다면 어쩔 수 없지. 그럼 지금부터 무림맹을 털

계획을 한번 세워볼까?"

다들 위험하고 무모하다고 설천을 말렸지만 무림맹을 혼란에 빠지게 할 일을 계획하는 것은 즐거운 일이였다.

"일단 무림맹의 경비와 훔칠 물건이 어디에 보관되는지 알아보고 혹시 모르니 탈출 경로를 미리 짜두는 게 좋겠어."

꼼꼼한 백운이 붓을 꺼내 들고 말했다.

"저기… 이번 일에는 너희까지 말려들게 하고 싶지 않아. 그러기엔 너무 위험하거든."

설천의 말에 네 친구는 일제히 그를 바라봤다.

"지금 너 혼자 하겠다는 거야?"

유은수가 믿을 수 없다는 듯 눈을 동그랗게 떴다.

"만일 일이 잘못되면 너희까지 위험해질 수 있어."

설천의 말에 친구들은 어이없다는 표정을 지었다.

"그래서 지금 우릴 떼어놓고 홀로 적진으로 뛰어들겠다 그 말이야?"

평소 설천의 말이라면 순순히 따르던 백운이 아니었다. 사나운 기세를 흘리며 설천을 바라봤다.

"하지만……."

"됐어. 우린 네가 어디서 무엇을 하든 함께하기로 마음먹었으니까 우릴 설득할 생각은 마."

백운이 네 친구를 대신해 말했다.

"한 명보단 두 명이 낫고 두 명보단 다섯이 함께 고민하는 게 좋을 거야."

백환도 설천에게 부드러운 목소리로 말했다.

"다들 고마워."

설천이 씩 웃으며 말했다.

"뭐, 들키면 끝장이지만 절대 들키지 않으면 되잖아?"

유은수가 속편한 소리를 했다.

"그거야말로 정답인데? 그럼 어디 들키지 않을 방법을 한 번 생각해 볼까?"

백운이 팔을 걷어붙이며 말했다.

"일단 난 먼저 무림맹에 가서 정보를 모아야겠어."

"뭐라고? 하지만 정파에서 나온 사절의 눈을 어떻게 피할 생각이야?"

"지금부터 난 아픈 거야."

설천의 말에 백운의 인상이 구겨졌다.

"그게 무슨 소리야?"

"아픈 환자는 마차를 이용해야겠지?"

설천의 말에 백운은 무슨 뜻인지 알아차리고 고개를 끄덕였다.

"알겠어. 내가 최대한 병간호를 열심히 해주지."

백운의 말에 설천이 활짝 웃었다.

"그래. 내 병간호 잘 부탁해."

그러나 의외의 복병이 있었으니 바로 은아였다.

장 구경을 나갔다가 자신이 소매치기를(?) 당했다는 것을 알아차린 그녀는 황당함과 분함이 밀려들었다. 그런데 그 도둑을 설천이 잡으러 나섰던 것에 크게 감동했다.

'역시 남자는 능력이야. 그깟 외모가 뭐가 중요하겠어.'

엉망이었던 설천의 첫인상도 점차 희석되어 멋진 모습으로 변모하고 있었다. 게다가 자신의 전낭까지 되찾아주자 은아는 설천의 맹목적인 추종자가 되었다.

"무슨 일이야?"

은아는 자신을 보호하려(?) 했던 설천의 객실 문을 두드렸다. 손에는 객잔에서 직접 끓인 죽이 들려 있었다.

"아프다기에 죽을 끓여 왔어요."

식당에서도 모습을 볼 수 없는 설천이었기에 안타까운 마음에 은아가 직접 죽을 준비했다.

"아, 미안. 설천이가 지금 막 잠이 들었어."

백운이 난처한 표정을 지으며 말했다.

'뭐라고? 수상해. 계속 나와 마 공자를 못 만나게 하고 있잖아?'

은아는 설천의 친구들이 자신과의 사이를 방해하고 있다는 생각이 들었다.

"그래요? 그럼 제가 깨어날 때까지 옆에서 지켜봐도 될까요?"

"그건 곤란해. 남학생들이 묵는 방에 여학생이 머무는 건

괜한 오해를 불러일으킬 수 있거든."

백운의 말에 은아의 얼굴이 굳었다.

"그럼 마 공자가 깨어나면 다시 끓여 오겠어요."

은아는 쌀쌀맞은 어투로 말하고 횡하니 사라졌다.

"어쩌지? 저 소저가 뭔가 눈치챈 건 아니겠지?"

백운이 걱정스러운 음성으로 물었다.

"눈치챈 건 아닌 것 같아. 하지만 너, 꽤나 미움받겠는걸."

유은수가 백운에게 싱긋 웃으며 말했다.

"뭐, 어쩔 수 없지. 미움받더라도 설천이가 지금 없다는 걸 들킬 수야 없으니 말이야."

백운이 침착한 어조로 말했다.

"그나저나 몰랐는데, 의외로 설천이 인기가 좋은 것 같다?"

나계환도 재미있다는 듯 말했다.

"은아라고 했던가? 저 소저가 계속 병문안을 핑계로 찾아오면 뭐라고 변명을 해야 하는 거지?"

백운이 걱정스럽다는 듯 물었다.

"하하, 걱정 마. 저 소저가 더 이상 방문하지 못하도록 할 테니."

유은수가 걱정 말라는 듯 말했다.

"무슨 수로?"

백운이 궁금한 듯 물었다.

"저, 아가씨를 연모하는 정혼자가 있거든."

"뭐? 정혼자가 있어? 그런데 왜 설천이한테 이러는 거지?"

백운이 어이없다는 듯 말했다.

"그런 게 바로 여심 아니겠어?"

유은수의 말에 백운이 이해할 수 없다는 표정이다.

"아무튼 그 정혼자를 저 소저는 꽤나 싫어하는 눈치야. 그러니 그걸 이용해야겠어."

유은수가 씩 웃으며 말했다.

"은아야, 그건 뭐야?"

철웅이 은아를 보고 반색하며 달려왔다. 은아가 비무에서 장우기를 이기고 쟁투전에 참가한다는 사실을 알아내곤 자신도 비무에 참가해 출전권을 따낸 철웅이다. 그러나 은아는 매정하게도 자신에겐 도통 관심이 없었다.

지금도 그녀는 마설천이 아프다는 걸 알아내곤 손수 죽을 끓여 마설천의 방에 다녀오는 길이었다. 은아가 객잔 주방을 빌리는 것을 지켜보고 있던 철웅의 눈에 불꽃이 튀었다. 게다가 그 건방진(?) 마설천은 은아의 정성이 담긴 요리를 퇴짜 놓은 것이다.

"알 거 없어."

은아는 쌀쌀맞게 말했다.

"설마 마설천이 네가 손수 만든 음식을 마다한 거야?"

"네가 무슨 상관이야!"

자신보다 위 학년인 설천의 이름을 부르며 철웅이 이를 갈자 은아는 발끈한 태도로 소리쳤다.

"상관있어. 네가 정성 들여 만든 음식을 거부한 거잖아."

"잠이 들어서 못 먹은 것뿐이야!"

은아가 변명하듯 말했다.

"그래? 그럼 저번엔 좋다는 약재까지 보내줬는데 왜 감사 인사 한마디도 없지?"

철웅이 이를 갈 듯 물었다.

"아픈 사람이 어떻게 그런 걸 일일이 챙겨!"

은아는 계속 설천을 감싸며 말했다.

"아무리 아파도 그런 거 용서할 수 없어. 나라면 절대 그러지 않아!"

"누가 너한테 그렇게 해준대?!"

은아도 지지 않고 소리쳤다. 은아는 철웅에게 꽥 소리치고 휙 뒤돌아 자신의 거처로 사라졌다.

철웅은 자신을 전혀 바라봐 주지 않는 은아가 야속했다. 그러나 그만큼 좋아하는 마음도 컸기에 슬펐다.

"마설천! 절대 용서하지 않겠어!"

그렇게 설천은 자신도 모르는 사이 철웅의 연적(?)이 되어 버렸다.

그런 철웅의 뒤로 귀신같이 유은수가 나타났다.

"이런! 그런 복수심보다는 좀 더 사랑하는 이와 함께 시간을 보내는 것이 좋지 않을까?"

철웅과 은아의 실랑이를 몰래 지켜보던 유은수는 속으로 쓴웃음을 짓다가 철웅의 불쌍한 모습에 조언을 했다.

"너는! 마설천의 졸개!"

'이 자식이!'

유은수는 속으로 발끈했다. 설천이의 졸개라니 듣는 입장에서는 울컥할 만한 말이었다.

"졸개라니, 친우라고 말해줬으면 하는데?"

유은수가 부글부글 끓는 속을 감추며 말했다.

"무슨 수작이지?"

철웅이 유은수를 한껏 경계하며 말했다.

"수작은 무슨. 나는 저 은아라는 아이와 네가 잘됐으면 하는 마음에 조언을 한 것뿐이야."

"마설천의 졸개가 왜 나와 은아가 잘되길 바라는 거지?"

철웅은 끝끝내 졸개라는 말을 고수하면서 유은수의 속을 뒤집었다.

"흠, 일단 설천이는 좋아하는 정인이 따로 있거든."

"뭐라고?!"

유은수의 거짓말에 철웅은 뛸 듯이 놀랐다.

"감히 은아를 두고 양다리를 걸쳐?"

철웅의 말에 유은수는 실소했다.

"양다리는 아니지. 사실 설천이는 정인 외에는 별로 관심이 없거든."

유은수를 경계하던 철웅은 그 말에 적의가 많이 누그러졌다.

"그래, 내가 어찌하면 은아의 마음을 돌릴 수 있다는 거지?"

'됐다. 한껏 경계하는 것 같아서 힘들 줄 알았는데……'

유은수는 회심의 미소를 지었다. 역시 사랑에 빠지면 바보가 된다는 말은 사실인 모양이다.

"일단 최대한 함께 시간을 보내는 거야. 특히 너만 생각할 수 있게 만든다면 더더욱 좋겠지?"

유은수가 싱긋 웃으며 철웅에게 말했다.

*　　　*　　　*

"도대체 어떤 간 큰 자가 이런 일을 벌인 게지?"

강맹혁은 골치 아프다는 표정으로 총관의 보고를 받고 있었다.

"그것이 확실치 않습니다. 쟁투전에 참가하기 위해 모인 자들은 세외와 사파, 그리고 마인들입니다. 모두 하나같이 무공 실력이 뛰어난 자들인지라 이 중에서 범인을 찾는 것은 불가능합니다."

"모두 범인일 가능성이 농후하다 이건가?"

강맹혁은 사무진이 벌인 절도 사건으로 골머리를 썩고 있었다. 정파와 사파, 그리고 세외에서 도착한 사람들 모두 하나같이 귀중품을 도난당했다고 무림맹에 하소연하기에 이르렀다.

"그런데 마교 쪽에는 아무 피해도 발생하지 않았습니다."

"뭐라?"

총관의 보고에 강맹혁은 의심스럽다는 얼굴이 되었다,

"이상한 일이로군. 설마 범인이 마인인 건가? 하지만 의심의 대상이 될지도 모르는데 자신들만 피해를 입지 않도록 했다? 뭔가 수상하군. 그들은 언제 도착하나?"

"맹에서 안내할 사람을 파견했으니 앞으로 이삼 일 후에 도착하게 될 겁니다."

"마인들이 도착하면 조사를 진행하도록."

강맹혁의 지시에 총관의 얼굴이 사색이 되었다.

"하, 하지만 맹주님, 마인들에게 절도 사건에 대한 조사를 진행하겠다는 말을 하면 절대 가만히 있지 않을 텐데요?"

총관이 걱정스러운 듯 묻자 강맹혁의 검미가 치켜 올라갔다.

"왜, 겁나나?"

강맹혁의 물음에 총관이 사색이 되었다. 무공이 일천한 총관에게 마인들은 악몽 그 자체였다. 고강한 무공 실력과 잔인한 손속. 그가 생각하는 마인은 수틀리면 모두 죽이는 잔인한 마귀였다. 그래서 맹주가 이번 쟁투전에 마인들을 초청한다는 사실에 반색을 했었다.

'그런 잔인한 자들과 척을 지고 있을 필요는 없겠지. 역시 맹주님께서도 마교와의 화해를 원하시기에 화해의 손을 내미신 거군.'

총관은 나름대로 맹주의 뜻을 이해하고 있었다. 그런데 맹주가 대뜸 그들을 조사하라고 이르니 사색이 될 수밖에 없었다.

"진정한 평화는 서로를 의심하는 속에서 싹틀 수 없는 법이네. 상황을 설명하면 그들도 조사에 응할 걸세. 잔인한 이들이나 어리석지는 않은 자들이지."

강맹혁의 말에 총관이 고개를 끄덕였다.

"그나저나 화린이는 아직도 연무장에서 수련 중인가?"

화린은 기 축적 진법을 설치 후 그곳에서 살다시피 하며 훈련에 매진하고 있었다.

"네. 너무 열심이라 말려도 소용없습니다."

총관의 말에 강맹혁은 뿌듯한 표정을 지었다.

"그 아이가 건강해져 무공 수련에 열을 올리게 될 줄 누가 알았겠나? 무공 훈련에 날을 새우는 걸 보니 앞으로 우리 정파에 여고수가 하나 탄생할 듯싶군."

강맹혁은 감격한 듯 말했다.

그러나 화린이 훈련에 박차를 가한 것은 곧 만나게 될 설천에게 성과를 보이고 싶은 마음 때문이었다. 맹주는 그런 화린의 속내도 모르고 무공 자체를 좋아한다고 여기고 대견해했다.

"그런데 제갈세가에서 청한 혼담은 어찌하실 작정입니까?"

화린의 일로 뿌듯한 미소를 짓고 있던 강맹혁의 얼굴이 총관의 말에 꽝꽝 얼어붙었다.

"감히 화린이를 넘보다니 꽤 발칙한 생각을 하고 있는 모양이네."

강맹혁이 이를 갈며 말했다.

"하지만 맹주님, 제갈세가의 제갈혁 공자는 후기지수 중에 똑똑하고 무공 실력이 뛰어나기로 유명합니다. 게다가 얼굴 또한 잘생겨 젊은 아가씨들의 시선을 한 몸에 받는 공자이기도 합니다."

"나도 제갈혁 녀석이 꽤 잘났다는 건 알고 있네."

"그럼 왜 그리 못마땅해하십니까?"

"전에 화린이의 생사를 짐작할 수 없을 적엔 한곳도 화린이에게 청혼을 하지 않았네. 그러던 자들이 이제 화린이가 건강을 되찾자 벌 떼처럼 혼담을 넣고 있네. 그런 집안 중에 하나와 화린이 혼약을 맺었다고 생각해 보게. 만일 또다시 화린이 아프거나 맹주의 딸이라는 번드르르한 조건이 사라지고 나면 그들이 과연 화린이를 고운 눈으로 바라볼까?"

강맹혁이 기분 나쁘다는 듯 물었다.

"그 말씀은?"

"나는 아무런 조건도 보지 않고 화린이를 아껴줄 사람에게 보내겠네. 그리고 물론 화린이가 좋아하는 사람이어야겠지."

"그럼 오늘 방문하겠다는 제갈혁 공자는 어찌합니까?"

총관의 말에 강맹혁이 인상을 찡그렸다.

"제갈혁이 오기로 했다니 그게 무슨 소리인가?"

"정식으로 청혼을 하기 위해 직접 화린 아가씨를 뵙고 싶다고 합니다."

"아직 답을 주지 않았는데 직접 오겠다고?"

매파를 통해 청혼을 해온 제갈세가에 아직 답을 주지도 않았는데 제갈혁이 직접 오겠다니 뭔가 꿍꿍이가 있는 것 같았다.

"화린이는 제갈세가에서 혼담이 들어온 것을 알고 있나?"

강맹혁의 물음에 총관이 고개를 저었다.

"수련하시느라 다른 일에 신경 쓸 겨를도 없을 겁니다."

총관의 말처럼 화린의 모든 신경은 곤륜정을 수련하는 데 모아져 있었다.

"아가씨! 이제 그만하고 어서 씻으세요!"

연무장에 나타난 화린의 시녀는 땀에 젖은 그녀의 무복을 보고 혀를 차며 말했다.

"무슨 일이야? 손님이라도 오는 거야?"

화린은 흥분한 듯한 시녀의 손에 이끌려 연무장을 나와 욕실로 향했다.

"아주 중요한 분이 오시니까 미리 준비해 둬야죠."

시녀는 제갈세가에서 청혼한 것과 제갈혁이 오늘 방문한다는 것을 알아내곤 자기 일처럼 난리를 부렸다.

"중요한 분? 도대체 누구기에……?"

화린이 영문을 모른 채 물었다.

"누구긴요. 아가씨 청혼자죠."

"뭐라고? 언제 나한테 혼담이 들어온 거지?"

화린은 처음 듣는 이야기에 놀란 얼굴로 물었다.

"어머, 모르셨어요? 요즘 아가씨께 들어오는 혼담이 한두 개가 아니에요. 여러 쟁쟁한 집안에서 앞다퉈 혼담을 넣었어요. 다른 집안은 모두 매파를 통해 혼담을 넣고 맹주님의 눈치만 살피고 있는데, 제갈세가의 공자님은 아가씨께 직접 인사를 드리고 허락을 얻고 싶다네요."

시녀의 말에 화린은 인상을 찡그렸다. 자신에 대해 아는 것이라곤 하나도 없는 제갈세가에서 혼담을 넣었다는 것 자체가 이해가 되질 않았다.

"잠깐, 오늘 온다는 공자가 제갈세가 사람이라고?"

"네. 제갈세가의 혁 공자님이에요. 제갈혁. 이름도 멋지지 않나요?"

화린의 말에 시녀가 신이 나서 떠들어댔다.

'설마 그때 그 진법에 대해 알아내려고 수를 쓰는 건가?'

화린의 머릿속엔 진법 구축표를 탐내듯 바라보던 제갈휘의 모습이 떠올랐다. 끝까지 미련을 버리지 못하고 아쉬운 표정을 짓던 자였다.

'게다가 처음엔 절대 불가능하다고 코웃음까지 쳤었지.'

화린은 그때의 기억이 떠오르자 제갈혁이 무슨 연유에서 자신에게 청혼을 했는지 알 것 같았다.

"그렇게 나오겠다 이건가?"

화린이 재미있다는 듯 입꼬리를 말아 올렸다.

'그쪽에서 그렇게 나왔으면 이쪽도 응수를 해줘야겠지.'

"제일 화려한 옷으로 준비해 줘."

화린은 무언가를 결심한 듯 시녀에게 지시했다.

"네? 정말요?"

시녀는 평소에 화린이 즐겨 입은 수수한 옷보다 조금 화사한 옷을 꺼내 들다가 화린의 말에 반색을 했다.

시녀는 화린에게 더 예쁘고 화려한 옷과 아름다운 장신구로 꾸미기 위해 안달을 했었다. 그러나 거추장스러운 건 싫다며 화린이 거부했기에 시녀는 꽤나 속상해했다. 그런데 화린이 직접 더 화려한 옷을 찾자 자신의 일처럼 기뻐했다.

"드디어 아가씨도 예쁘게 보이고 싶은 분을 찾으셨군요."

시녀가 감격한 듯 말하자 화린은 고개를 주억거렸다.

"그럼 제가 최고로 예쁘게 꾸며드릴게요. 당장 비고에 보관 중인 옷과 보석을 꺼내야겠어요."

시녀는 비고에 들어가기 위해 시녀장에게 허락을 맡아야겠다고 다짐했다. 평소엔 깐깐한 시녀장과 마주하고 싶지 않아 이 핑계 저 핑계를 대며 피했다. 하지만 화린이 화려하게 꾸미겠다고 다짐한 이상 이 기회를 놓치고 싶지 않았다.

설천은 친구들에게 무리한 부탁을 한 것 같아 미안한 생각이 들었다. 하지만 백운과 친구들은 수련동에서 죽을 뻔한 상황에서도 살아남은 강한 마인들이었다. 설천은 그 사실을 기억하고 있었기에 친구들을 믿고 무림맹으로 한발 앞서 출발했다.

그런데 문제는 타마와 천뢰였다. 천뢰야 갑갑해하기에 먼저 날려 보냈다고 둘러대도 상관없었지만 타마가 없는 것은 너무 눈에 띄었다.

"미안. 넌 친구들이랑 함께 오도록 해."

설천의 말에 타마는 성질을 부리며 천뢰를 질투했다. 설천의 어깨에 앉은 천뢰는 마치 거드름을 피우는 듯 깃털을 부풀리고 날개를 퍼덕였다.

히히힝!

타마는 설천과 떨어져 있는 것이 마음에 들지 않았다. 그럼에도 주인인 설천의 말에 순순히 따랐다.

"무림맹에서 보자."

설천은 타마의 갈기를 쓰다듬어 주곤 경공을 시전했다. 천산을 누비던 설천이라 어마어마하게 빠른 속도로 나아갔다.

이틀 걸릴 거리를 하루 만에 주파한 설천은 무림맹의 현판을 바라보며 감탄했다. 반듯한 성곽으로 둘러싸인 무림맹은 천산의 천마신교와는 다른 단정하면서 우아한 멋을 풍겼다.

"여기서 기다려."

설천은 어깨에 앉은 천뢰의 깃털을 쓰다듬어 주곤 나무 위로 날려 보냈다.

"중요한 물건은 분명 맹주가 머무는 곳에 있겠지. 그럼 한번 살펴볼까?"

설천은 신법을 펼쳐 조용히 무림맹 안으로 스며들었다. 그러나 설천은 곧 자신의 실수를 깨달았다. 넓은 무림맹 안에서 맹주를 찾기란 요원한 일이었다. 설천은 금방 길을 잃고 헤맸다.

'여기가 아닌가?'

설천은 건물 구석구석을 기웃거렸다. 길을 잃고 헤매면서 다른 이의 이목을 피해야 하는 상황이라 꽤나 답답했다.

'이거 안 되겠어. 누군가 한 명을 따라가는 게 가장 빠를 것 같다.'

설천은 분주하게 오가는 사람들 중에서 손에 옷가지와 보석 상자를 잔뜩 든 시녀를 따라갔다.

  '나르는 옷과 보석 상자가 모두 고급이다. 이 시녀가 모시는 사람은 무림맹에서 꽤 지위가 높은 사람일 거야. 그럼 우선 이 시녀를 따라가자.'

  설천은 나름 논리적인 판단을 내리고 시녀를 따라갔다. 그런데 그곳에서 익숙한 얼굴을 발견하고는 고민에 빠졌다.

  '아니, 화린이가 왜 여기 있는 거지?'

  설천은 곤란한 얼굴이 되었다. 시녀가 옷을 건넨 사람은 바로 제갈혁의 방문을 기다리는 화린이었다. 삼 년이란 시간이 지나 소녀는 여인으로 변모해 가고 있었지만 분명 설천이 기억하고 있는 화린이었다.

  '설마 여기 사는 건가?'

  설천은 화린이 무림맹주의 딸이라는 것을 몰랐다. 다만 정파의 인물일 것이라 추측하고 있었기에 갑작스러운 재회에 어찌해야 할지 갈피를 잡을 수 없었다.

  '일단 놀러 오라고 패까지 건네주긴 했지만 지금 나는 물건을 훔치려고 들어온 도둑인데 어쩐다?'

  설천은 본연의 임무인 절도를 위해 사전 조사 나온 것에 충실할지(?) 아니면 자신이 휘말린 일을 화린에게 순순히 털어놓고 도움을 청해야 하는지 잠시 망설였다.

'나를 믿고 내 치료법에 따라준 화린이다. 한번 믿어보자.'

그러나 옷가지를 잔뜩 늘어놓고 인상을 찡그리고 있는 화린의 모습에 설천은 잠시 머뭇거렸다.

'무슨 일이 있는 건가?'

마치 전장에 나갈 장수처럼 비장미가 감도는 화린의 모습에 설천은 의아한 생각이 들었다.

'그래도 할 수 없지. 지금은 화린이의 도움이 필요하니까.'

[화린아, 나 설천이야. 갑작스러운 건 알지만 우선 시녀를 내보내 줘. 할 말이 있어.]

설천은 우선 화린에게 전음을 넣어 시녀를 물러가게 했다. 제갈혁 때문에 고심하던 화린은 갑작스레 귓가에 들린 설천의 전음에 몸이 얼어붙었다.

"아가씨, 왜 그러세요? 그 옷이 마음에 들지 않으세요?"

"아니, 이 옷을 입고 싶은데 이 옷에 맞는 색의 장신구를 찾아다 주겠어?"

"그 옷엔 비취 장식이 좋겠어요. 당장 찾아올게요."

시녀는 신이 나서 비고로 달려나갔다.

"이제 나와도 돼."

화린의 말에 설천이 은신을 풀고 화린의 앞으로 나섰다.

"미안. 놀랐지? 오랜만이야."

설천이 웃으며 화린에게 인사했다.

"설천아!"

화린은 반가운 얼굴에 반색을 하며 달려들었다.

"으앗!"

맹렬하게 달려드는 화린 때문에 설천이 휘청거리며 그녀를 안았다.

"왜 연락 한번 없었던 거야?"

"하지만 난 네가 어디 사는지 몰라."

"그럼 내가 보낸 서찰도 못 받은 거야?"

화린은 이상하다는 듯 물었다.

"서찰? 얼마 전에 보낸 서찰은 받았어."

설천은 쟁투전이 열리니 꼭 자신을 찾아달라는 말이 적혀 있던 서찰을 떠올리고 말했다.

"그전에 보낸 건 못 받은 거야?"

화린은 그제야 이상함을 알아챘다. 마지막 서찰은 귀면옥주 편에 함께 동봉했기에 무사히 도착한 것이다. 그전에 설천에게 따로 보낸 서찰은 중간에서 누군가 손을 댄 것이 분명했다.

'누군가 내가 마인들과 연락하는 걸 탐탁지 않아하는군.'

화린의 얼굴이 딱딱하게 굳었다.

"뭐, 이렇게 만났으니 이젠 됐어."

화린이 가벼운 어조로 말했다.

"너무 반기지는 마. 나는 사실 물건을 훔치기 위해 무림맹을 정탐하러 나온 거니까 말이야."

설천의 말에 화린의 얼굴이 하얗게 질렸다.

"그게 무슨 소리야?"

"골치 아픈 일에 휘말렸거든."

설천은 사무진이 자신에게 지시한 일을 이야기했다.

"그자는 사도련의 소공자야. 사기와 절도, 그리고 여러 가지 범죄에 능한 자라 들었는데 협박도 일품이로군."

화린이 기분 나쁘다는 어조로 말했다.

"그건 그렇고, 그 은아라는 아이는 누구야?"

화린의 목소리가 뾰족해졌다.

"내 사부님 손녀이자 마림원 후배."

눈치없는 설천이 덤덤하게 이야기했다.

"고작 그런 아이를 위해 위험을 감수했단 말이야?"

화린이 화가 난다는 듯 물었다.

"하지만 그 아인 사부님의 혈육이야."

"넌 정말!"

화린이 화가 난다는 듯 씩씩거렸다.

"좋아. 그럼 네가 맹주령을 다시 돌려준다고 약속하면 도와줄게. 대신 너도 날 도와줘."

화린이 선언하듯 말했다.

"알았어. 그렇게 할게. 뭘 도와주면 되는 거야?"

설천이 궁금한 얼굴로 물었다.

"별거 아니야. 약간의 연기만 하면 되는 거야."

화린의 말에 설천이 인상을 찡그렸다.

"연기라고?"

왠지 불길한 예감에 설천이 슬슬 뒷걸음을 쳤다.

"어딜 가려고? 이제 넌 나와 은애하는 사이가 된 거야."

화린이 장난스럽게 웃으며 말했다. 화린의 말에 설천은 경악한 얼굴이 되었다.

"뭐, 뭐라고?!"

제갈혁과 마주 앉은 강맹혁은 불편한 심기를 감출 수 없었다. 미공자 풍의 멋진 청년이었지만, 제갈세가의 음흉한 속셈을 이미 알고 있는 강맹혁은 제갈혁의 미끈한 얼굴도 기분 나빠 보였다.

'이 녀석, 우린 화린이는 네놈에게 못 준다.'

강맹혁은 이를 갈며 제갈혁을 지그시 바라봤다. 제갈혁은 맹주의 사나운 시선에도 아랑곳하지 않고 여유롭게 차를 마셨다.

"화린 소저가 꽤 늦으시는군요."

벌써 화린을 기다린 지 반 각이 훌쩍 지났다. 제갈혁은 자신을 기다리게 만드는 화린의 태도를 슬쩍 책잡았다.

"하하! 여인이란 자고로 약속 시간에 조금씩 늦는 법이지.

그 기다림을 즐길 줄 모르는 자는 사내라 할 수 없지. 그렇지 않은가?'

너 이 자식, 그것도 못 기다리느냐는 말은 차마 하지 못하고 맹주는 말을 돌려 제갈혁에게 퉁박을 줬다.

"그렇군요. 그럼 즐거운 마음으로 기다리죠."

제갈혁이 맹주의 도발에 걸려들지 않고 싱긋 웃으며 말했다.

'이 녀석, 보통은 아니군. 그래서 더 기분 나빠.'

강맹혁은 소태라도 씹은 얼굴로 찻잔을 들어 올렸다.

'그나저나 이 녀석의 혼담을 뭐라 거절한다? 전에는 아직 건강이 회복되지 않았다는 말로 거절해 왔는데 이미 제갈세가의 가주가 화린이의 상태를 알고 있으니 그 변명은 통할 것 같지 않군.'

강맹혁은 그럴듯한 핑계를 찾기 위해 고심했다.

'이럴 줄 알았으면 애초에 괜찮은 집안의 공자와 미리 혼약이라도 해놓는 것인데⋯⋯.'

화린의 건강이 좋지 못해 그쪽으론 전혀 신경 쓰지 못한 것이 후회되었다.

제갈혁은 자신을 바라보며 시시각각 표정이 변화하는 맹주의 얼굴을 바라보며 속으로 쓴웃음을 지었다.

'아마도 거절할 핑계를 궁리하느라 골치 꽤나 아프겠지. 하지만 날 거절할 명분은 없다. 나는 제갈세가의 직계 혈손이

자 진법에 대해서는 정파에서 가장 뛰어나다. 다른 명문가의 공자들과 비교해 손색이 없다.'

제갈혁은 스스로에 대해 자부심과 자신감을 가지고 있었다. 때문에 자신을 절대 거절 할 수 없을 것이라 자신하고 있었다.

맹주와 제갈혁이 둘 다 자신만의 생각에 빠져 고심하고 있을 때였다. 화린이 왔다는 것을 알리는 시녀의 목소리가 들려왔다.

"맹주님, 화린 아가씨가 오셨습니다."

"들어오너라."

맹주의 허락이 떨어지자 화린이 안으로 들어섰다. 그 뒤에는 설천이 쭈뼛쭈뼛 따라 들어왔다. 그러나 화린에게 시선이 집중되어 설천의 존재를 눈치챈 사람은 없었다.

"제갈혁 공자가 꽤나 오래 널 기다렸단다. 그러니 사과 인사 먼저 하거라."

맹주가 화린에게 다정하게 말했다.

"죄송합니다, 제갈 공자. 제가 꼭 만나야 할 사람이 있어 늦었으니 부디 이해해 주시길 바랍니다."

화린이 고개를 숙이며 정중하게 사과했다.

'얼굴은 꽤나 반반하군.'

제갈혁은 화린의 미모에 만족했다.

"아닙니다, 소저. 소저 같은 미인을 기다리는 것도 즐거움의 하나죠."

제갈혁이 위아래로 화린을 훑어보며 싱긋 웃어 보였다.

'능글맞은 자식.'

화린은 마치 자신의 값을 매기듯 바라보는 제갈혁의 시선
이 거머리처럼 피부에 달라붙는 것 같았다.

"감사합니다. 그런데 오늘 방문하신 이유를 알고 싶은데
요?"

화린이 단도직입적으로 물었다. 제갈혁은 화린이 보기보
다 당돌하다는 것을 알아차렸다.

'죽다 살아난 주제에 꽤나 당돌하군.'

제갈혁은 화린을 속으로 비웃었다.

"오늘 제가 방문한 이유는 소저께 혼담을 넣기 위해서입니
다."

'자, 이제 어떻게 나오나 볼까?'

제갈혁은 만면에 미소를 띠고 화린을 바라봤다.

"저를 좋게 보아주셔서 감사합니다. 하나 제겐 이미 마음
을 허락한 정인이 있습니다."

화린의 대답이 불러온 파장은 어마어마했다.

"뭣! 뭣이라!"

가장 경악한 것은 맹주인 강맹혁이었다. 금지옥엽 외동딸
의 모든 것(?)을 알고 있다 자부하는 그에게 화린의 말은 큰
충격이었다.

"믿을 수 없습니다. 소저는 그동안 병환으로 쭉 댁에서만 지내지 않았습니까? 그런데 정인이라뇨?"

제간혁이 거짓말 말라는 듯 입가를 말아 올리며 말했다.

"지금 제가 거짓말이라도 하고 있다는 건가요?"

화린이 화가 난 얼굴로 물었다.

"거짓이 아니라 제 청혼을 거절할 핑계에 불과하겠죠."

"지금 그 말은 저와 제 정인을 모욕하는 말입니다. 그렇죠, 가가?"

화린이 싱긋 웃으며 설천을 바라봤다.

"하하하! 그렇군."

설천이 어색하게 웃으며 화린의 말에 맞장구를 쳤다.

"도대체 네놈은… 아니, 자네는 누군가?"

강맹혁이 그제야 설천의 존재를 눈치채고 물었다. 처음엔 무림맹의 호위무사인 줄 알고 무시했던 설천이다. 그런데 화린이 살갑게 가가라고 부르고 있다.

"아마 화린이의 정인이 아닐까 싶은데요?"

설천이 자신없는 어조로 말했다.

"뭐, 정인?!"

강맹혁의 눈에서 불꽃이 튀었다. 강맹혁은 벌떡 일어나 검이라도 뽑을 기세로 설천을 노려봤다.

"네 녀석, 정체가 뭐냐?"

강맹혁의 질문에 설천이 한숨을 내쉬었다.

'난 왜 이런 질문만 자꾸 받게 되는 거지?'

설천은 이번에도 복잡한 일에 휘말렸다는 것을 알아차렸다.

『마도공자』 6권에 계속…

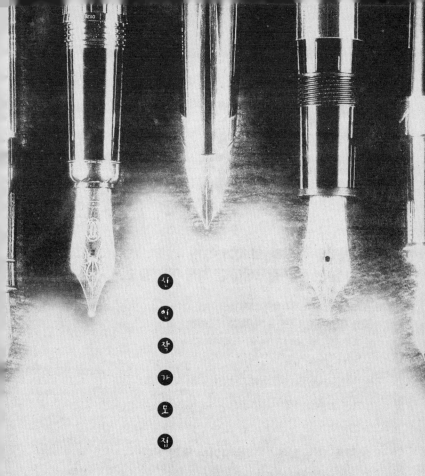

백야 新무협 판타지 소설

醉佛狂道
취불광도

「무림포두」, 「염왕」의 작가 백야!
그가 칠 년 동안 갈고닦아 온 역작 「취불광도」!

강호 일신(一神), 검신 한담(邯鄲).
오직 검 한 자루로 무림을 지배하고 다스리는 인물.
강호를 지배하는 또 하나의 손, 또 하나의 검……

기이한 파계승의 손에서 자란 나정은 스승과 함께 떠난 무림행에서 이십 년 전의 혈난을
만들어낸 금단의 무공을 만나게 되고……

그에게 잠재되어 있던 거대한 힘이 운명의 안배에 따라 깨어난다!

어린 동자승, 나정이 만들어가는 무림 기행!
또 하나의 전설이 이제 시작된다!

Book Publishing CHUNGEORAM

유행이 아닌 자유추구 -
WWW.chungeoram.com